인생 2회 차,

축구의 신

인생 2회 차, 축구의 신 1

백린 현대 판타지 소설

초판 1쇄 찍은 날 § 2019년 8월 19일
초판 1쇄 펴낸 날 § 2019년 8월 26일

지은이 § 백린
펴낸이 § 서경석

총괄팀장 § 노종아
편집책임 § 강민구
디자인 § 소소연

펴낸곳 § 도서출판 청어람
등록번호 § 제387-1999-000006호
등록일자 § 1999. 5. 31
어람번호 § 제1-3040호

주소 § 경기도 부천시 부일로 483번길 40 서경B/D 3F (우) 14640
전화 § 032-656-4452 팩스 § 032-656-4453
http://www.chungeoram.com
E-mail § chungeorambook@daum.net

ISBN 979-11-04-92041-7 04810
ISBN 979-11-04-92040-0 (세트)

백린 현대 판타지 소설

MODERN
FANTASTIC
STORY

1

인생 2회 차,

축구의 신

VICTORY
인생 2회 차,
축구의
신

Contents

1
2018 → 1994

사람은 누구나 후회를 한다.

IRC 소프트의 대리 윤민혁은 그 당연한 말을 입속으로 되뇌어보았다.

매일 아침 7시 30분에 출근해서 저녁 11시가 되어야 집에 들어가는 김 부장은 지금의 와이프와 결혼한 것을 매일같이 후회하고, 옆 자리에 앉은 그래픽 팀 이 대리는 회화과 대신 산업디자인학과를 선택한 걸 후회하고 있었다.

그가 다니는 회사의 사장은 모바일게임 진출이 늦은 것을 탄식하며 모바일 업계의 지분을 차지하려 발버둥 치고, PM으로 있는 김 차장은 잘나가던 회사를 때려치우고 게임업계로 들어온 것을 피눈물 나게 후회하고 있다고 했다. 아무리 그래도 한 달에 10일을 새벽 3시에 퇴근하게 하는 건 너무하지 않느냐는 탄식도 함께였다.

민혁 역시도 그들과 비슷한 후회를 하고 있었다.

이 망할 놈의 게임업계, 그리고 그중에서도 악덕 기업으로 손꼽히는 이 회사에 들어온 것은 정말 최악의 선택이라는 생각이 머릿속에 가득한 그였다.

해운대를 밝히는 한 줄기 등대…….

아침부터 다음 날 새벽까지도 사무실 형광등이 꺼지지 않는 IRC 소프트를 가리키는 별명이었다.

"후……."

민혁은 멍한 머리를 가볍게 저으며 모니터를 보았다. 어제 하루 종일 수식에 맞춰 입력한 시트에서 오류가 났다는 메시지가 떠올랐다. 무려 6시간이나 걸려 처리한 작업이 완전히 날아가는 순간이었다.

"윤 대리, 왜 그래?"

"루아(Lua) 파일에서 오류가 났어요. 시트로 못 뽑겠다는데요?"

"스크립트 변환 오류겠지. 파일 켜서 수정해."

건너편에 앉은 김 부장은 대수롭지 않다는 듯 말했다. 한두 번 겪은 일도 아닌데 뭘 그리 고민하느냐는 듯한 표정이었다.

민혁은 항변했다.

"그럼 시트로 파일 뽑을 때마다 고쳐야 되잖아요. 프로그램 팀에 넘기는 게 낫죠."

"저기 보고도 그런 말이 나와?"

김 부장은 사무실 반대편을 가리켰다. 프로그램 팀의 직원들이 죽어가는 장면이 생생하게 드러나는 곳이었다.

프로그램 팀에 속한 프로그래머들은 충혈된 눈으로 모니터를 보고 있었다.

팀의 막내인 정현철은 아예 길게 쓰러져 눈을 감고 있었다. 보아하니 새벽까지 퇴근을 못 하고 붙잡혀 작업을 하다, 그것을 끝내고 쓰러져 버린 모양이었다.

"그냥 제가 해야겠네요."

민혁은 고개를 저으며 입을 열었다. 자기도 힘들긴 마찬가지지만 저 꼴을 보고서도 작업을 넘길 생각은 안 났다.

IRC 소프트는 게임업계에서 제법 알아주는 중견기업이었지만 항상 인력난에 시달리고 있었다. 사람을 갈면 아웃풋이 나온다는 신조를 가진 사장 때문이었다.

하기야 이 회사가 큰 방식부터가 그랬다. 물리엔진을 제작하는 회사였던 IRC 소프트는 일개 사원이 엔진 테스트용으로 만들던 게임을 가로채 게임업계에 진출했고, 그 게임이 대박을 터뜨리면서 일순간 돈방석에 앉게 됐다.

직원이라고 해봐야 고작 6명밖에 없던 회사는 순식간에

전 직원 80명의 중견기업으로 성장했고, 몇 년이 지난 지금은 280명의 직원을 고용한 준대기업 반열에 들어서 있었다.

물론 게임을 개발하던 사원도 인센티브를 받긴 했다. 겨우 100만 원이었지만 말이다.

아무튼, 그렇게 회사를 키운 사장은 그 일로 인해 하나의 신념을 가지게 되었다. 직원을 갈면 어떻게든 아웃풋이 나오고, 그 아웃풋이 회사를 키운다는 신념이었다.

"으으, 이러다 죽겠다."

민혁은 목을 살짝 꺾으며 피로를 호소했다. 무려 두 시간에 걸쳐 3,000줄짜리 스크립트를 확인하고 수정했으니 피곤하지 않은 게 이상할 터였다.

그 피로도 인력난 때문이었다.

IRC 소프트의 직원은 겨우 300명이었지만, 진행하는 프로젝트들의 규모는 전 직원 2,000명인 NF 소프트가 진행하는 프로젝트 규모의 절반에 달했다.

당연히 사람을 갈지 않고서는 불가능한 일정이 직원들에게 할당되었고, 그로 인해 IRC 소프트의 직원들은 일주일에 7일 출근을 당연하게 여기는 사람들이 되었다.

더 탄식이 나오는 건 빌어먹을 포괄 임금제였다. 엄밀히 말해서 사무직은 포괄 임금제를 적용해서는 안 되는 직종이지만, 이 회사는 억지로 쓰게 한 동의서로 포괄 임금제를 유지하고 있었다.

법을 잘 모르는 직원들은 으레 그러려니 했지만, 노동법을 아는 민혁으로서는 분통이 터지는 일이었다.

하지만 법은 멀고 주먹은 가까운 법.

부채와 카드값이라는 주먹이 눈앞에 있는 한 노동법에 호소할 수도 없는 것이다.

"부장님, 처리했어요."

"그래, 수고했어."

반사적으로 대답한 김 부장은 하품을 하며 기지개를 켰다. 그 역시 6일 연속으로 야근을 한 탓에 피로가 잔뜩 쌓여 있었다.

"참, 오늘 축구 동아리 하는 거 알지?"

"네, 그건 가야죠."

"일은 다 해놓고 가."

김 부장은 민혁의 어깨를 두드리고는 탕비실로 향했다. 그 역시 완전히 지쳐 있는지 약간은 휘청대는 걸음이었다.

어깨를 축 늘어뜨린 민혁은 부질없는 후회를 입에 담았다.

"아, 그때 그냥 축구부에 들어가는 건데……."

갑자기 초등학교 시절 체육 시간에 받았던 제안이 떠오른 탓이었다.

그땐 당연하다는 듯이 거절했지만, 지금 생각해 보면 어린 시절 찾아왔던 인생의 기회를 날려 버렸다는 느낌이었다.

만약 그때로 돌아갈 수 있다면…….

"후, 피곤하긴 진짜 피곤한가 보네."

민혁은 씁쓸한 표정으로 고개를 저었다. 사실 몇 번이나 생각해 본 일이긴 해도 망상에 불과함은 스스로도 알고 있었다.

본래 그는 축구를 좋아하지 않았다. 정확히 말하면 보고 분석을 하는 건 좋아했지만 하는 건 별로 좋아하지 않았다. 땀이 나서 끈적거리는 건 취향이 아니었고, 따가운 햇볕에 살이 타는 것도 좋아하지 않았기 때문이었다.

하지만 나이가 들고서는 생각이 달라졌다.

늦게 배운 도둑질에 밤새는 줄 모른다는 말이 있다.

그 말은 민혁에게도 적용되었다.

건강관리를 위해 시작했던 축구는 인생에 활력을 불어넣어 주는 운동이 되었다. 땀이 나는 것은 여전히 찝찝했지만, 그 단계를 넘어 온몸에 피가 도는 느낌이 날 때면 삶에 새로운 가치가 부여되는 느낌이 들었다.

합리적으로 생각하자면 러너스하이로 인한 엔돌핀 분출 때문이라고 해야겠지만, 어쨌거나 축구가 그에게 활력을 주는 건 분명했다.

게다가 그에겐 재능도 있었다.

놀랍게도 그는 같은 팀에 있는 프로 출신의 동료보다 스킬도 좋았고 감각도 뛰어났다. 프로 출신의 동료가 민혁이 축구를 거의 하지 않았다는 말을 지금까지도 믿지 않을 정도로 말이다.

덕분에 그는 알아주는 축덕이 되었다. 당장 유럽 주요 리그와 관련된 정보들은 물론, 과거에 있었던 선수들이나 기록, 그리고 선수들의 훈련법 등에도 엄청난 관심을 기울일 정도였다.

심지어 웬만한 사람들은 관심도 없는 변방 리그의 기록이나 잠깐 반짝했던 선수들에 대한 정보까지도 줄줄 꿸 정도였고, 일을 때려치우고 축구 코치가 되는 길을 심각하게 고민했던 경험도 있었다.

물론 지금 모니터를 보면서 괴로워하는 것만 봐도 알 수 있듯이, 그건 어디까지나 고민에 그쳤다.

"으, 이것만 끝내고 자러 가야지."

민혁은 각종 수치가 적힌 엑셀 시트를 보며 마우스를 움직였다.

*　　　*　　　*

퇴근 후 치러진 UJ 소프트와의 정기전은 4 대 1로 끝났다. 윤민혁이 속한 IRC 소프트가 승리 팀이었다.

승리에 들뜬 김 부장은 동아리 회원들을 억지로 끌고 호프집을 점령했다. 힘들게 뛰느라 지쳐 버린 민혁으로서는 기겁할 일이었지만, 자기 기분에 취해 버린 김 부장은 다른 회원들의 사정은 아랑곳없이 폭탄주를 들이밀었다.

그렇게 두 시간을 고문처럼 견디던 민혁은 공원에 마련된 쓰레기통에 폭탄주를 토해내곤 중얼거렸다.

"아, 진짜 죽겠다."

민혁은 공원 벤치에 드러누워 한숨을 쉬었다.

그나마 지금이 따듯한 5월이기에 망정이지, 만약 겨울이었다면 이렇게 쉬지도 못했으리라.

"으으… 진짜 빨리 들어가서 자야 아침에 출근하는데……."

민혁은 그렇게 말하며 손가락을 꿈틀댔다. 기껏 힘을 짜냈는데도 그 이상의 움직임을 보일 수 없었다.

일어나길 포기한 그는 무심코 고개를 돌렸다.

공원 옆 천주교 성당엔 십자가를 든 예수님의 석상이 세워져 있었다. 나이롱이라고는 해도 기독교 신자였던 그는 예수님의 석상을 보고는 잠깐 경건한 마음을 품었지만, 그의 몸을 돌고 있는 알코올은 그 경건함을 울분으로 바꾸어 토해내게 만들었다.

"예수님… 저 진짜 왜 이렇게 사는 걸까요?"

당연한 일이지만 대답은 없었다.

"아… 예수님까지 절 무시하시면 어떡하나요."

취기가 올라온 민혁은 헛소리를 지껄였다. 만약 옆에 누구라도 있었다면 하지 못할 말이었지만, 잔뜩 취해 버린 데다가 듣는 사람도 없는 지금은 아무 거리낌 없이 헛소리를 꺼낼 수 있었다.

"예수님… 제가 말이죠. 진짜 이렇게 사는 게 정말 후회되거든요. 아침 8시 반에 출근해서 새벽 1시 퇴근이 기본인데, 그걸 일주일에 5일도 아니고 7일을 이렇게 사는 게 말이 됩니까? 그것도 1년에 2,500만 원 받으면서요. 저 지난 설날에도 집에 못 가고 회사에 잡혀 있었어요. CBT 한 달밖에 안 남았으니까 그냥 일하라면서 회사에서 붙잡아서요."

민혁은 오른손으로 눈을 가렸다. 왠지 눈물이 나올 것 같았다.

"아… 진짜. 제가 축구에 재능이 있는 거 아셨으면 그쪽으로 가게 해주셨어야죠! 왜 엄한 공부를 하게 해서 이런 길로 오게 하셨냐고요! 그럴 거면 아예 공부 머리를 엄청 주셔서 판검사나 의사 되게 해주셨어야 하는 거 아닙니까? 도대체 이게 뭡니까, 예?"

그는 헛소리를 한껏 늘어놓았다. 누군가가 봤다면 부끄러워서라도 못 할 이야기였지만 꺼내놓고 나니 왠지 속은 편했다. 사실은 누군가 들어줬으면 하는 탄식이었던 건지도 모를 일이다.

한동안 중얼거리던 그는 30분이 지나서야 벤치에서 일어났다. 속이 좀 편해지고 나니 사라졌던 힘이 조금은 돌아오는 느낌이었다.

"으, 머리 아파."

민혁은 고개를 저으며 천천히 발을 떼었다. 핸드폰을 꺼내

시간을 확인하자 '4:34'라는 숫자가 눈을 채웠다. 이대로 집에 가봐야 3시간밖에 못 잔다는 이야기였다.

"죽겠네, 정말."

민혁은 비틀대며 집으로 향하다 사고를 쳤다. 멀쩡하게 걷고 있던 노인과 부딪혀 그를 쓰러뜨린 것이다.

"아… 죄송합니다."

민혁은 당황하며 손을 내밀었다. 하지만 꽤나 취한 탓에 손은 엉뚱한 방향으로 내밀어졌고, 노인은 황당하다는 표정으로 민혁을 보며 입을 열었다.

"아니, 젊은 사람이 무슨 술을 이렇게 마셨나 그래."

"아니, 그게 저……."

"술 냄새가 아주 진동을 하는구먼. 골목 끝에서도 맡을 수 있겠어."

노인은 몸을 일으킨 후 무릎과 허벅지를 툭툭 털었다. 민혁은 미안한 마음에 노인의 무릎을 털어주려다 휘청하고 쓰러져 버렸고, 노인은 당황스럽다는 표정으로 민혁을 보다 그를 일으켜 주며 말했다.

"뭐 그리 후회되는 게 있어서 이렇게 마셨나?"

"후회되는 일이 있어서 술을 마신 건 아닌데, 술을 마시고 생각해 보니 후회가 커지는 일은 있네요."

"누구나 인생에 후회는 남는 법이지. 하지만 기회가 다시 와도 그걸 잡는 사람은 드물더군."

"간절한 사람이면 잡지 않을까요?"

"간절한 사람?"

민혁은 고개를 가볍게 흔들었다. 남아 있는 술기운에 머리가 어지러운 느낌이었다.

"적어도, 재능이 있다는 걸 뒤늦게 알아서 후회가 남는 사람이라면 기회를 놓치진 않겠죠."

"그런가?"

노인은 희미하게 웃으며 민혁에게 말했다.

"그래. 자네가 정말 그럴 수 있는지 한번 지켜보겠네."

"…네?"

어지러움에 바닥을 보던 민혁은 고개를 들었다. 도대체 무슨 소리냐고 되묻고 싶어서였다.

"…어라?"

민혁은 흠칫 놀랐다. 방금 전까지 눈앞에 있던 노인이 어느새 사라진 게 아닌가.

"뭐, 뭐였지?"

그는 당황하며 주변을 돌아보았다. 하지만 그 어디에도 노인의 모습은 보이지 않았다. 정말이지 귀신이 곡할 노릇이라는 느낌이 드는 순간이었다.

오싹해진 그는 닭살이 돋은 팔뚝을 쓸어내리다 고개를 저었다. 아무래도 취해서 헛것이라도 본 모양이었다.

놀라움을 지워낸 그는 비틀대는 걸음으로 골목을 지나 자취방이 있는 원룸 건물에 몸을 기댔다.

헛것을 볼 정도로 취해서인지 비밀번호가 기억나지 않았으나, 이미 그런 상황에 익숙했던 그의 몸은 알아서 번호를 입력하고 그를 건물로 들여보냈다.

엘리베이터에서 내린 그는 현관 비밀번호를 입력한 후 방으로 들어가 침대에 쓰러졌다. 잘 수 있는 시간은 고작 3시간이지만, 그만큼이라도 자지 않으면 정말 죽어버릴 것만 같은 느낌이었다.

그로부터 얼마 후.

침대에서 일어난 그는 비척대며 일어나 걷다 벽에 부딪혔다.

“으억.”

민혁은 머리를 붙잡았다. 졸음에 취한 채 걸었던 탓에 벽을 발견하지 못하고 일어난 사고였다.

“뭐야. 여기 왜 벽이 있어.”

뒤늦게 벽을 발견한 그는 당황하다 눈을 살짝 치떴다. 어째 벽지가 평소에 보던 것과 색이 달랐다.

혹시 남의 집에 들어온 건가 싶었던 그는 고개를 돌렸고, 이어진 상황에 조금 더 당황하며 입을 벌렸다.

고개를 돌린 곳에 있는 거울엔 웬 어린아이의 모습이 비춰지고 있었다.

‘…어제 너무 마셨나?’

민혁은 머리를 붙잡고 눈을 감았다. 하지만 숙취라면 찾아올 두통도 없었고, 당연히 있어야 할 피로감도 느껴지지 않았다.

그가 이런 상황에 혼란을 느끼고 있을 때, 방문이 벌컥 열리며 누군가의 목소리가 들렸다.

"도대체 언제까지 자는 거야! 밥 안 먹어?"

민혁은 그쪽으로 고개를 돌렸고, 이내 반사적으로 입을 열었다.

"어… 엄마?"

2

축구부

1994년 6월 1일 오후 5시.

민혁은 침대에 걸터앉아 생각을 정리했다. 과거로 돌아온 지도 일주일이 넘어 어색함은 많이 사라졌지만, 그래도 아직 혼란스럽다는 느낌은 남아 있었다.

무엇보다, 그는 아직도 지금의 상황을 납득하기 어려웠다.

과거로 돌아왔다는 것, 다시 말해 타임 슬립이 일어났다는 것 자체가 비과학적인 이야기였고, 그것은 기독교인임에도 과학을 신봉하던 민혁에겐 머리를 아프게 하는 사실이었다.

"…왜지?"

그는 한동안 이유를 탐색했다. 하지만 과학적인 방법으로는 도저히 설명이 안 됐다. 오직 공원에서의 탄식을 예수님이 들어준 거라는 종교적인 설명만이 가능한 상황이었다. 종교보다도 과학을 신봉하던 민혁으로서는 고개를 젓게 만드는 일이었다.

탄식이 나오는 부분은 하나 더 있었다.

그에겐 단숨에 일확천금을 거둘 수 있는 방법이 없었다.

로또 1등 당첨 번호에 대한 기억은 당연히 없었고, 그 외의 부분에 대한 지식도 다르지 않았다.

중고등학교 시절엔 관심이 없어서, 그리고 대학에 다니던 기간엔 취업 준비로, 또 회사에 들어가서는 야근에 시달려 일과 축구 외의 다른 것엔 관심을 주지 못했던 그였기 때문이었다.

그가 아는 건 기껏해야 핸드폰과 반도체로 유명해지는 모 기업의 주식을 사면 된다는 것과, 엄청난 버블이 생겼던 비트코인 거래소가 2010년 한국에 들어온다는 것 정도…….

그 외에는 행정수도 이슈로 충청도 지방의 땅값이 확 뛰었다는 내용이 있긴 했지만, 그 모든 게 돈이 있어야만 돈을 벌 수 있다는 결론으로 이어졌다.

민혁은 땅을 치며 탄식을 흘렸다. 이럴 줄 알았으면 축구 대신 주식에 관심을 가지는 건데 그랬다는 뼈아픈 후회였다.

그랬다면 좋아하는 축구는 취미로 삼으면서 인생을 즐기거나, EPL에 있는 명문 구단의 구단주가 되어 현실 FM을 할 수도 있었을 게 아닌가.

하지만 후회는 길지 않았다.

"그래. 그래도 이게 어디냐."

그는 숨을 길게 뱉으며 마음을 정돈했다. 생각해 보면 하루 18시간이라는 노동착취를 당하던 30대에서 가능성이 넘치는 10대로 돌아온 것만으로도 엄청난 이득이었다.

'그러고 보니…….'

민혁은 흐릿한 기억을 꺼내보았다. 회식 후 취해서 돌아오던 날, 이름 모를 노인을 만났던 기억이었다.

술에 취해 있던 탓인지 기억은 흐릿했지만, 그때 한 이야기는 머릿속에 남아 있었다.

"설마 그 노인이 예수님은 아니겠지."

그는 잠깐 생각을 정리하다 고개를 저었다. 아무리 그래도 그건 좀 무리였다.

게다가, 어차피 노인의 정체는 중요하지 않았다.

중요한 건 어린 시절부터 축구를 할 수 있게 됐다는 사실이었다. 그것도 축구와 관련된 지식을 모두 가진 채로 말이다.

민혁은 빈 공책을 펴놓고 앞으로 할 일을 정리해 보았다.

1. 축구부에 입단한다.
2. 청소년 대표에 발탁된다.
3. 최대한 빨리 해외에 진출.

'어째 이거 카카 같은데?'

민혁은 연필로 머리를 긁었다. 수영장 사고로 척추 수술을 하고 재활에 성공한 카카가 10개의 목표를 세우고 그걸 전부 실현했다는 건 축구팬들 사이에서 유명한 일화였다.

그는 카카도 과거 회귀자가 아닌가 하는 실없는 생각을 그려보았다. 왠지 가능성 있다는 생각이 민혁의 머릿속을 맴돌고 지나갔다.

그 생각은 5분 만에 지워졌다. 카카가 회귀자건 아니건 자신이 신경 쓸 일은 아니니 말이다.

"어디 보자……."

그는 자신이 세운 계획을 다시 한번 보았다. 3개밖에 적지 않아서인지 뭔가 휑한 느낌이었다.

하지만 너무 많은 목표는 정신을 분산시킨다는 신조를 가지고 있던 그였기 때문에, 지금으로서는 이 정도면 충분할 것 같았다.

다음 목표야 지금 세운 목표를 전부 달성한 후에 생각해도 되는 일이다.

"1번, 2번은 충분히 가능해."

민혁은 왼손에 턱을 괴고 고개를 끄덕였다. 축구부 입단이야 어렵지 않을 일이고, 축구부에 들어가 열심히 노력한다면 청소년 대표에 뽑히는 것도 가능해 보였다.

물론 지금의 몸이야 운동을 하기에 적합하지 않지만 그에겐 믿는 구석이 하나 있었다.

게임 회사에서 야근과 과로에 지쳤던 그는 축구 코치로의 전향을 심각하게 고민한 경험이 있었다.

선수 경력이 없는 경우라도 D급 라이선스를 거쳐서 C급으로, 그리고 거기서 B급과 A급 라이선스를 연달아 획득해 프로 팀 코치가 되는 길은 존재했다. 2010년대 후반 들어서 유소년 육성에 대한 목소리가 높아지며 생긴 현상이었다.

때문에 그는 한 달에 한두 번 주어지는 휴식일을 쪼개서 기초적인 트레이닝 방법을 익혀둔 후였고, 그 안엔 이 시대엔 아직 개발되지 않은 훈련법들도 일부 들어 있었다.

남들보다 훨씬 유리한 조건에서 시작할 수 있다는 뜻이다.

걸리는 부분은 3번이었다.

"방법을 찾긴 찾아야겠네."

AFC U-14.

다른 말로 14세 이하 아시아 청소년 선수권대회에 한국이 출전한 건 2001년이 처음이었다.

다시 말해 앞으로도 7년이 더 지나야 한국이 그 대회에 참가한다는 이야기였고, 민혁이 그 대회에 나가는 길은 애초부터 막혀 있단 소리였다.

물론 16세 이하 아시아 청소년 선수권대회는 지금도 존재했고 한국도 출전했다. 당장 1986년 대회의 우승 팀이 한국이었으니까.

하지만 그땐 너무 늦는다는 게 민혁의 생각이었다.

게다가 연공서열을 중시하는 한국에서 대표 팀이 되려면 해당 연령을 꽉 채우지 않고는 불가능했으며, 거기서 활약을 한다고 해도 유럽으로 진출할 수 있는 길이 열린다는 보장은 없었다. 아프리카 네이션스 컵보다도 주목도가 떨어지는 게 AFC 챔피언십 경기니 말이다.

고민하던 민혁은 고개를 저었다.

일단은 축구부에 들어가는 게 우선이었다.

*　　*　　*

"안 한다며?"

경신 초등학교… 아니, 아직은 국민학교인 경신 국민학교 축구부 감독 양주호는 민혁을 힐끗 보았다. 작년에 그렇게 들어오라고 할 땐 관심도 안 보이던 꼬마가 이제 와서 축구부에 들어오겠다고 하는 것이다.

"생각해 보니까 하는 게 좋을 것 같아서요."

민혁은 태연한 태도로 말했다. 어차피 이 나이대의 아이들은 조변석개(朝變夕改: 아침에 한 말을 저녁에 뒤집는다)라는 말이 당연한 나이였다. 입단을 거부하던 아이가 한 시간 뒤 찾아와 마음이 바뀌었다고 하는 것도 이상하지 않다는 이야기였다.

양주호는 고개를 끄덕였다. 그 역시도 저 나이대의 애들이

변덕이 심하다는 건 잘 알고 있었다.

"그래도 일 년이 지났으니까 테스트는 해봐야지."

"와, 선생님 진짜 너무한 거 아니에요?"

"자신 없어?"

민혁은 속으로 피식 웃었다. 속까지 11살짜리 꼬마였으면 생각할 것도 없이 도발에 넘어갔을 발언이었다.

'정신연령은 감독님보다 내가 높거든요.'

민혁은 살짝 고개를 젓고는 공을 받았다. 어쨌거나 지금은 꼬마처럼 굴어야 했다.

"뭐 보여주면 돼요? 슛?"

"너 하고 싶은 대로 해봐."

양주호는 선택권을 슬쩍 건넸다. 뭘 하는지 한번 보기나 할 생각이었다.

잠시 생각을 하던 민혁은 트래핑을 선보였다. 처음 시도했을 땐 몸에 익지 않아서 잘 되지 않았지만, 지금은 며칠 연습을 한 덕분에 완전히 몸에 붙어 있었다.

하기야 과거로 돌아오기 전에도 트래핑을 이틀 만에 떼었을 정도로 재능이 넘쳤던 민혁이었으니, 그보다 재능이 발휘되기 좋았던 어린 시절의 몸으로 이 정도를 하지 못하는 게 오히려 이상한 일이었다.

'제법인데?'

양주호는 눈을 빛냈다. 이 나이에 트래핑의 중요성을 아는 아이는 거의 없기 때문이었다.

사실 90년대 한국 학원 축구에서는 기본기에 대한 개념을 가진 지도자도 별로 없었다.

다시 말해, 프로에 입문하고서야 기본기의 중요성을 새삼 깨닫게 되는 선수가 대부분이란 이야기였다.

양주호 역시도 그런 식으로 축구를 배웠다.

고등학교 때까지 기본기는 고사하고 체력 훈련만 죽어라 하던 그는 유공에 입단하고 나서야 기본기의 중요성을 알게 되었고, 기본기를 처음부터 다지기 위해 훈련을 하다 2년 선배인 조길상의 태클에 다리가 부러져 선수 생활을 접어야 했다.

그로부터 4년…….

안 돌아가는 머리를 쥐어짜 사범대에 합격한 그는 졸업 후 경신 국민학교로 배정되었고, 야구에 미친 교장에 의해 해체될 뻔한 축구부를 맡아서 아이들을 가르치고 있었다. 특히 기본기 습득을 가장 중요한 과제로 여기고 가르치는 그였기 때문에, 정교한 트래핑과 터치를 보이는 민혁의 모습에 흥분을 느끼는 것도 이상하지 않았다.

"더 해야 돼요?"

"아니, 충분해."

양주호는 공을 돌려받고는 입을 열었다.

"부모님 허락은 받았냐?"

민혁은 미간을 좁혔다.

자신의 어머니인 박 여사께서는 아들을 판검사로 만들고 말겠다는 열정이 넘치시는 분이었다.

물론 민혁이 공부를 못하는 건 아니었다. 수능 전날 술을 진탕 마셔서 혼수상태에 가까운 정신으로 시험을 봤는데도 서울 소재의 대학엔 들어갔으니까.

하지만 판검사는 절대로 무리였다.

그건 자신의 목을 걸고서라도 확신할 수 있었다. 그게 불가능하다는 걸 지난번의 삶에서 훌륭하게 증명했기 때문이었다.

"저희 어머니가 저 축구하는 거 싫어하실걸요?"

"그래?"

"네."

"흠……."

양주호는 턱을 쓸어내리며 고개를 끄덕였다. 작년에 민혁이 축구부에 들어오지 않겠다고 한 이유가 어머니 때문이었을 거라는 생각을 하는 모양이었다.

'그거 아닌데.'

민혁은 잠깐 망설이다 입을 닫았다. 양주호가 오해를 하건 말건 별로 중요한 건 아닌 것 같았다.

고민하던 양주호는 이번엔 고개를 저으며 말했다.

"그래도 부모님 허락 없으면 안 돼."

민혁은 한숨을 내쉬고 고개를 떨궜다. 어머니인 박순자 여사의 성격으로 볼 때, 축구를 하겠다는 말을 꺼내기만 해도 솥뚜껑만 한 손이 등짝을 가격할 게 너무도 뻔했다.

'잠깐. 아버지 허락 받으면 되잖아.'

그는 금세 밝아진 얼굴로 고개를 들었다. 애들은 그저 건강하게 크기만 하면 된다는 아버지라면 흔쾌히 허락해 줄 공산이 컸다.

어머니가 알게 되면 아버지나 자신이나 한바탕 곤욕을 치를 테지만 말이다.

"부모님 허락만 받으면 되죠?"

민혁은 부모님에 강세를 넣었다. 꼭 어머니일 필요는 없지 않느냐는 질문이었다.

양주호는 그걸 눈치채지 못했다. 물론 눈치를 챘더라도 반드시 어머니 허락이어야 한다는 이야기는 하지 않았겠지만, 어쨌거나 그는 고개를 끄덕이며 민혁에게 말했다.

"부모님 허락만 받으면 문제없지. 대신 학교 끝나고 한 시간씩 훈련해야 한다고 말씀드려."

"음……."

축구부 활동이야 아버지 허락을 받으면 되지만, 집에 늦게 들어가야 한다는 건 고민거리였다. 도대체 무슨 핑계를 대어야 하나 싶은 생각이 들었던 것이다.

고민하던 그는 한 가지 방법을 떠올리고는 고개를 끄덕였다.

'축구 공부도 공부는 공부지.'

민혁은 어머니 박순자 여사가 절대 동의하지 않을 왜곡으로 합리화를 시도했다. 박순자 여사가 알았다면 등짝을 세 대는 때렸을 생각이었다.

"네, 그럼 내일까지 받아 올게요."

"내일까지? 너무 빠르지 않아?"

"늦게 받으면 그때부터 시작하면 되죠."

"그건 그러네."

양주호는 피식 웃고 입을 열었다.

"그래, 그럼 허락을 받아 오면 그때부터 시작하자."

* * *

민혁의 아버지인 윤수호 대리는 부인 몰래 축구화와 유니폼 비용까지 지불해 주었다. 몰래 챙긴 회사 보너스의 절반에 해당하는 금액이었다.

"엄마한텐 비밀이다."

"그건 제가 더 부탁드리고 싶네요."

공범이 된 둘은 키득대며 집을 나섰다.

박순자 여사는 두 사람의 공모를 눈치채지 못했다. 그녀가 눈치를 챘더라면 민혁의 아버지는 남은 보너스를 전부 뺏기고 민혁은 등짝을 몇 대는 맞았을 테지만 그런 불상사가 일어날 가능성은 적어 보였다. 아침드라마에 정신이 팔린 박순자 여사의 모습이 증명하는 사실이었다.

"축구 열심히 해라. 중간에 관두지 말고."

"네, 다녀오세요."

민혁은 아버지께 인사를 드리고 학교로 향했다.

학교에서의 일상은 지루하기 짝이 없었다. 이미 다 아는 내용을 열심히 듣는 시늉을 해야 하는 건 정말이지 고역이었다.

더 힘든 건 알아도 아는 척을 할 수 없다는 부분이었는데, 천재라는 오해를 받았다가는 박순자 여사의 야망이… 그러니까 민혁 자신을 판검사로 만들고 말겠다는 강권이 지금의 몇 배로 가해질 게 너무도 뻔했다.

'아, 지겹다…….'

민혁은 빨리 시간이 지나기만 바라며 책상에 걸어둔 신발주머니를 쓰다듬었다.

그로부터 여섯 시간 후.

그는 종례가 끝나자마자 운동장으로 달려 나갔다.

"왔냐?"

"네."

"허락은?"

민혁은 축구화를 들어 보였다. 허락을 못 받았으면 축구화를 살 수 있었겠느냐는 표현이었다.

"그럼 일단 몸 풀어. 스트레칭할 줄 알지?"

"공 가지고 해도 되죠?"

"마음대로."

민혁은 곧바로 신발을 갈아 신고 공을 잡았다. 점심시간에 미리 유니폼을 갈아입은 덕에 시간을 조금 아낄 수 있었다.

그는 다른 부원들이 오기 전에 트래핑 연습을 시도했다. 양주호가 보기에는 부족함이 없는 트래핑이었지만 목표치가 높은 민혁의 눈에는 아직도 차지 않았다. 과거로 돌아오기 전 동영상에서 보았던 지단이나 베르바토프가 기준이기 때문이었다.

"뭘 그렇게 열심히 해?"

"기본기잖아요. 충분히 다져둬야죠."

양주호는 잠깐 할 말을 잃고 민혁을 보았다. 저 나이에 저런 생각을 하는 게 가능한가 싶어 하는 표정이었다.

5분 정도 트래핑을 연마한 민혁은 뭔가를 떠올리곤 양주호를 바라보며 입을 열었다.

"근데 지금 형들 훈련할 시간 아니에요? 출전하는 형들은 한 시간 일찍 나오잖아요."

"오늘 토요일이잖아. 5학년이랑 6학년은 경기 뛰러 갔어."

"경기요?"

"9월에 구청장배로 대회 열거든. 그래서 양천 국민학교랑 연습 시합 하라고 보냈지."

"감독님은 왜 안 가셨어요?"

“귀찮아서.”

양주호는 짜증스러운 표정을 지었다. 귀찮아서가 아니라 다른 이유가 있는 게 분명해 보였다.

잠깐 고민하던 민혁은 굳이 묻지 않기로 했다. 감독 기분을 나쁘게 할 필요는 없었다.

그러는 사이 다른 축구부원들이 운동장에 나타났다. 한 명도 빠짐없이 모르는 얼굴이었다.

“감독님, 얘 뭐예요?”

“신입 부원.”

“네? 지금도 받아요?”

“그렇게 됐어.”

양주호는 어깨를 으쓱했다. 그걸 또 설명까지 해야 하느냐는 표정이 얼굴에 드러나고 있었다.

그 표정으로 수군거림이 잦아들자, 그는 모여든 부원들을 한 차례 돌아보며 입을 열었다.

“새 친구도 왔고 하니까, 오늘은 훈련 대신 경기나 하자.”

축구부원들은 일제히 환호성을 내질렀다. 축구가 좋아서 축구부에 들어온 아이들이지만 훈련에 싫증을 느끼는 건 당연했다. 미래를 위한 투자보다는 당장의 즐거움이 먼저인 아이들이라 나오는 반응이었다.

“팀은… 그래, 준영이 기준으로 반반 가르자.”

대충 팀을 나눈 양주호는 포지션을 지정해 주고 공을 던졌다.

민혁은 어깨를 으쓱했다. 원하는 포지션은 중앙미드필더였지만 배정된 자리는 오른쪽 윙이었다.

"포지션 지켜라."

양주호는 축구부원들에게 주의를 주었다. 그래도 축구를 배우는 학생들이라 포지션 개념이 조금씩 머릿속에 박히고는 있었지만, 시간이 지나면 결국 동네 축구가 되기 십상이었다.

하지만 양주호의 주의는 10분도 지나지 않아 무용지물로 변해 버렸다. 이제 겨우 10살, 11살인 애들에겐 과도한 요구였던 데다, 11 대 11 축구가 아닌 7 대 7 축구라는 점에도 이유가 있었다. 그만큼 경기장이 작으니 포지션이 갖는 의미가 대폭 감소된 탓이었다.

하지만 양주호는 그걸 보고도 짜증을 내지 않고 있었다. 민혁의 플레이 때문이었다.

"저 녀석 뭐야?"

양주호는 입을 쩍 벌렸다. 이제 막 축구를 시작하는 녀석이 패스라는 걸 시도하는 것도 놀라운 일인데, 그 패스의 질도 장난이 아니었다. 과장 좀 보태서 한국의 라우드럽이라고 해도 이상할 게 없다는 생각까지 들었으니 말이다.

'아니, 아직은 아니야.'

그는 애써 판단을 멈췄다. 한두 번 정도야 우연일 수도 있는 법이다.

하지만 그 생각은 금세 사라져 버렸다.

"저거 진짜 축구 처음 하는 놈 맞아?"

양주호는 자기도 모르게 입을 열었다. 도저히 지금 보이는 모습이 믿기지 않을 지경이었다.

처음 축구를 하면서도 골을 잘 넣는 사람은 종종 있었다. 그리고 골키퍼 장갑을 처음 끼고도 동네 야신 소리는 들을 만큼 반사신경이 좋은 사람도 종종 있었고, 타고난 감각과 끈질김으로 뛰어난 수비를 보이는 사람도 가끔 나왔다.

하지만 드리블은 이야기가 달랐다. 몸을 움직이는 기술과 밸런스를 잡는 능력, 그리고 발끝으로 공을 다루는 기술 모두가 갖춰져야 가능한 일이기 때문이었다.

쉽게 말하자면, 정말 엄청난 천재라도 한동안은 공을 툭툭 치는 것밖에 못 한다는 이야기였다.

그런데… 그 상식을 깨는 존재가 눈앞에 있었다.

민혁은 간결하지만 효율적인 드리블로 다른 부원들을 제치고 골문으로 향했다. 라이언 긱스가 동영상을 통해 공개한 드리블 기술을 충실히 따르는 움직임이었다.

물론 현시점에선, 그러니까 1994년의 시점에선 존재하지 않는 영상이었다.

"야! 잡아!"

민혁의 상대 팀 골키퍼가 소리를 질렀다. 하지만 이 나이대의 아이들이 제대로 된 수비를 할 수 있을 리 없었다. 때문에 그들은 간단한 페인트 동작만으로 제쳐지는 게 당연했고, 골키퍼는 짜증을 터뜨리며 앞으로 달려 나왔다.

그래도 가장 오래 축구부에 있었던 덕에, 이런 상황에선 각도를 좁혀야 한다는 걸 알고 있기 때문이었다.

민혁은 앞으로 나오는 골키퍼를 힐끗 보곤 토킥(Toe kick)으로 공을 띄워 키퍼를 넘겼다. 이 시대의 한국에서는 프로선수들도 좀처럼 보이지 못하는 기술이었다.

공은 키퍼를 넘어 골문을 출렁였다.

양주호는 호각을 불어 경기를 중단시키고 다가와 입을 열었다.

"너 축구 어디서 배웠냐?"

"그냥 경기 보고 따라한 건데요?"

"경기?"

"네."

양주호는 믿을 수 없다는 표정으로 재차 물었다.

"무슨 경기? 누구 따라한 건데?"

"호마리우요."

민혁은 약간 더듬거리며 한 선수의 이름을 말했다. 본래는 메시의 영상을 떠올리며 연습한 거지만, 아직 프로 데뷔는커녕 유소년 축구를 시작하지도 못했을 리오넬 메시라는 이름을 꺼낼 순 없었다.

"호마리우?"

"브라질 11번 공격수요. 서울 올림픽에서 득점왕도 했을 텐데."

"아, 로마리오?"

양주호는 그제야 윤민우가 말하는 내용을 알아들었다. 포르투갈어에서 R은 H 발음이 난다는 게 잘 알려지지 않은 시대인지라, 대한민국에 있는 거의 모든 사람은 호마리우를 로마리오라는 이름으로 부르고 있었던 탓이었다.

사실 1994년의 표기법으로는 로마리오가 맞기도 했다.

"그러니까, TV에서 나온 거 보고 그냥 따라한 거라고?"

"예."

민혁은 뻔뻔하게 이야기했다. 하지만 양심에 거리끼지 않았던 건, 과거로 돌아오기 전의 민혁은 정말로 인터넷에 올라온 각종 동영상을 보고 기술을 연습했기 때문이었다.

그리고 그것은 지금의 민혁에게 엄청난 이득으로 다가왔다.

비록 양주호가 이 시기의 한국인 중에서는 가장 깨어 있는 축에 속하긴 했지만, 그래도 제대로 된 기술을 가르칠 능력은 없었다. 선수 시절 배운 게 원시적인 체력 단련밖에 없다는 한계가 그의 발목을 붙잡고 있었으니 말이다.

'뭐… 유럽도 아약스를 빼면 별로 다르지 않겠지.'

민혁은 언뜻 그런 느낌을 받았고, 그 생각은 사실 틀리지 않았다.

1994년.

이 시기엔 유소년 육성으로 유명한 바르셀로나의 라 마시아도 이제야 기틀을 잡고 있었고, 라 마시아 출신들의 필수 스킬처럼 꼽히는 라 크로케타(La Croqueta: 팬텀 드리블) 같은 기술들의 전수도 간신히 시작될 때였다.

90년대를 대표하는 천재이자 라 크로케타의 대표 주자인 미카엘 라우드럽이 바르셀로나에 입단한 이후에야 그 기술이 바르사에 이식이 되었으니, 최대한 시점을 빨리 잡아도 라 크로케타가 라 마시아에 이식된 건 길어야 5년이란 이야기였다.

'이거 진짜 물건이네.'

양주호는 턱을 쓰다듬으며 민혁을 보았다. 자신 역시도 천재라는 소리를 들으며 축구를 해온 사람이지만 저 정도로 재능이 넘치진 않았다.

그는 생각했다. 자신이 장닭이라면 눈앞의 민혁은 독수리와 같은 수준의 천재가 분명했다.

만약 민혁이 회귀자란 사실을 알았더라면 독수리 대신 칠면조 정도로 생각했겠지만, 민혁이 20년 뒤의 미래에서 회귀했다는 사실을 알 리 없는 양주호로서는 당연히 내릴 만한 판단이었다.

"너 그거 다른 애들한테 설명할 수 있냐?"

"뭘요?"

"아까 한 드리블 같은 거."

민혁은 잠깐 생각하다 입을 열었다.

"재들은 그렇다 쳐도 형들한테 가르쳐 줄 수는 없는데요? 형들이 제 말 듣겠어요?"

"음……."

양주호는 그 말에 고개를 끄덕였다. 같은 나이대라면 몰라도 한두 살 많은 애들이 민혁의 코치를 받을 리 없었다.

나이가 마흔을 넘어가면 한두 살 차이야 아무것도 아닐지 몰라도, 이제야 10대에 들어선 애들에게는 그 한두 살 차이가 어마어마한 권위였으니까.

"그럼 나한테 설명 좀 해봐."

"감독님한테요?"

"그래."

민혁은 놀랐다.

권위주의에 찌들었던 90년대의 교사들 중에도 이런 사람이 있었을 줄이야.

"왜? 못 하겠어?"

"…아뇨. 할 수 있어요."

"훈련 다 끝나고 잠깐만 남아라."

민혁은 고개를 끄덕였다. 애들 앞에서 감독에게 기술을 가르칠 수는 없었다.

양주호는 헛기침을 두어 번 터뜨린 후 입을 열었다. 뭔가를 받았으면 답례를 해야 된다는 게 양주호의 신조였기에, 그는 비어 있는 축구부 부주장 자리에 민혁을 넣는다는 결정을 내렸다.

"애 축구 잘하지?"

"네!"

대답은 빨랐다. 눈이 있는 이상 나오지 않을 수 없는 대답이었다.

양주호는 말했다.

"그런 애가 부주장이다."

3
걸렸구나!

박순자 여사는 콧노래를 부르며 사과를 깎았다. 전화번호부에 숨겨져 있던 남편의 비자금 10만 원을 찾아내 챙긴 것도 기분이 좋았고, 아들이 오랜만에 100점짜리 시험지를 받아 온 것도 기분이 좋았다.

처음엔 숨겨놓은 시험지를 보고는 50점이라도 받은 거 아닌가 하는 생각에 울컥했던 그녀였지만 전부 다 동그라미가 그려진 시험지는 그녀를 정말 기쁘게 했다. 이대로만 간다면 판검사는 물론이고 의사까지 동시에 노려볼 수 있을지도 모른다는 헛된 희망이 머릿속에 가득한 채였다.

"민혁 엄마, 뭐가 그렇게 좋아?"

"그냥. 이것저것."

반상회 겸 놀러온 주부들은 그녀가 가져온 과일과 믹스커피를 마시며 수다를 떨었다.

모든 주부들이 그렇듯이, 그녀들의 수다는 결국 남편 자랑, 자식 자랑으로 끝을 맺었다. 자랑할 게 많은 주부는 얼굴에 붉은 기운까지 띠며 열심히 입을 열었다 닫았고, 자랑할 게 없는 주부는 속을 끓이며 입을 꾹 다문 채 남편과 자식을 속으로 욕했다.

윤민혁의 어머니인 박순자 여사도 보통은 후자에 속했다.

하지만 오늘만큼은 전혀 달랐다. 오늘 찾아온 경희네 엄마가 딸이 95점밖에 못 받아서 짜증 나 죽겠다는, 하지만 사실은 자랑이 틀림없는 말을 내뱉은 덕분이었다.

"어머, 어머. 경희가 95점이야? 걔 원래 100점밖에 안 받는 애잖아."

"그러니까 화가 나지. 그래도 3반 반장도 90점 받았다니까 화는 좀 덜하긴 한데……."

"3반 반장이면 개지? 작년에 무슨 올림피아인가 뭔가 나가서 장려상 받았다는."

숏 커트를 한 주부가 놀라며 물었다.

하지만 3반 반장이 상을 받았다는 대회는 국제 올림피아드 협회와는 아무 상관도 없었다.

학습지를 만드는 회사에서 89년부터 시작한 어린이 올림피아드는 국제 올림피아드 협회에서 주최하는 것과는 전혀 다른 대회였다. 거기서 상을 타봐야 국제 대회에 나갈 가능성은 없다는 이야기였다.

하지만 평범한 주부들은 그걸 알 리 없었고, 때문에 그녀들은 한껏 우쭐내는 경희 엄마의 자랑을 속을 끓이면서도 받아줘야 했다.

자식이 그런 대회에 나가는 애보다 공부를 잘한다는 데 뭘 어쩐단 말인가.

"거기서 상 탄 애가 90점인데 경희가 95점이면 엄청 잘한 거지. 뭘 짜증을 내고 그래."

"그래도 기분은 별로 안 좋지. 다 맞은 거랑 하나 틀린 거랑 어디 같아?"

경희 엄마는 누가 들어도 자랑임이 분명한 말을 투덜댐을 가장해 계속해서 꺼냈다. 자식이 공부를 못하는 죄로 그 말을 고스란히 받아야 하는 다른 주부들로서는 이마에 핏대가 솟는 상황이었다.

가만히 이야기를 듣기만 하던 박순자 여사는 지나가듯 입을 열었다. 마음 같아서야 입이 부르트도록 자랑을 하고 싶지만 그래선 안 된다는 걸 잘 아는 까닭이었다.

"우리 민혁이는 100점 받았던데."

"응?"

"잠깐만 있어봐."

박순자 여사는 나는 듯이 달려가 민혁의 시험지를 가지고 나왔다.

"이거 맞지?"

"어머. 민혁이 진짜 100점이네."

"혹시 다른 시험지 아니야?"

의심하며 되묻던 경희 엄마는 시험지를 보더니 입을 꽉 다물었다. 그 시험에 쓰인 게 이 시험지가 맞다는 증거였다.

그동안 경희 엄마의 자랑에 배 아파하던 주부들은 순식간에 태도를 바꿨다. 자기 자식이 아닌 게 아쉽긴 해도 경희 엄마의 콧대를 완벽하게 눌러줄 찬스가 와버린 것이다.

"어머, 어머. 민혁이가 이렇게 공부를 잘했어?"

"솔직히 민혁이가 공부를 못하진 않았지. 그래도 반에서 10등 안엔 들지 않았어?"

박순자 여사는 눈에 쌍심지를 켜고 말했다.

"작년에 반에서 3등이었거든?"

"아… 그랬나……."

작년 민혁과 같은 반이었던 재영의 엄마는 고개를 홱 돌리며 말끝을 흐렸다. 반에서 3등이면 재영보다 등수가 높았다는 이야기인 탓이었다.

'재영이 이 녀석… 어디 오기만 해봐라.'

그녀는 조용히 이를 갈았다. 공부하라는 소리를 할 때마다 그래도 민혁이보다는 공부를 잘한다던 아들의 항변이 귓가를 맴도는 느낌이었다.

그런데 그게 거짓말이었다니!

"난 민혁이가 시험지를 안 보여주길래 시험이 쉬웠나 했지. 그런데 이게 그렇게 어려운 시험이었어?"

박순자 여사는 경희 엄마를 빤히 바라보았다. 그동안 딸 자랑에 입을 한시도 멈추지 않았던 그녀가 시선을 피하며 입을 다물고 있는 모습이 통쾌함을 주고 있었다. 잠깐이지만 이 맛에 자식 자랑을 하는 거구나라는 생각도 드는 순간이었다.

"우리 경희 학원 끝날 시간 다 됐네. 밥해줘야 해서 나 먼저 갈게."

경희 엄마는 곧바로 자리를 떴다. 최대한 침착하게 행동한 그녀였지만, 다른 주부들의 눈에는 전투에 패하고 허겁지겁 도망치는 패잔병으로 비춰지는 모습이었다.

"아이고, 속 참 시원하네."

"그러니까. 나도 오늘 십 년 묵은 체기가 확 내려가는 느낌이야."

그녀들은 깔깔대며 담소를 나눴고, 옆집에 사는 정호 엄마는 박순자 여사의 어깨를 툭 치며 말했다.

"민혁 엄마 정말 좋겠어."

"아니, 뭐… 애가 백 점을 맞았으면 기분은 좋지. 이렇게 어려운 시험인 줄은 몰랐지만."

"그거 말고도 좋은 일이 하나 더 있잖아."

"응?"

박순자 여사는 도대체 무슨 소리냐는 듯이 눈을 깜박였다.

'저 여편네가 남편 비자금을 찾은 걸 아는 건 아닐 테고……'

그녀는 영문을 모르겠다는 시선을 보냈고, 정호 엄마는 핵폭탄을 터뜨렸다.

"민혁이 말이야. 축구부에서 부주장 달았다며? 한턱 크게 쏴야 되는 거 아니야?"

"…뭐?"

* * *

"축구가 공부야? 축구가 공부냐고!"

"아니, 엄마……"

민혁은 박순자 여사의 분노 앞에서 할 말을 잃고 쩔쩔매기만 했다. 과거로 돌아오기 전과 달라진 것 하나 없는 모습이었다.

박순자 여사는 아무 말도 못 하는 민혁을 보고는 속이 터진다는 표정으로 가슴을 치다 눈을 부릅뜨며 고개를 돌렸다. 무심코 아들 편을 든 아버지 윤수호 씨의 말 때문이었다.

"아니, 왜 애를 잡고 그래? 애 기죽여서 뭐가 좋다고."

"뭐야?"

민혁의 아버지는 움찔하며 신문을 펼쳤다. 아내의 시선을 피하려는 발버둥이었다.

하지만 날카로운 시선은 사라지지 않았다.

펼쳐 든 신문으로도 그것을 막지 못한 그는 헛기침을 터뜨리고는 입을 열었다.

"괜찮아. 축구만 잘해도 대학은 갈 수 있어."

"대학을 가는 게 중요한 게 아니야! 판사를 해야 한다고 판사를!"

박순자 여사는 남편을 쥐 잡듯 잡았다. 공부를 열심히 해야 할 아들에게 헛바람을 집어넣었으니 이걸 어쩔 거냐는 구박이 줄기차게 이어졌다.

애들은 열심히 뛰어놀고 건강하게 크기만 하면 된다는 지론을 가지고 있던 민혁의 아버지는 반박을 시도하다 등짝을 얻어맞고 입을 닫았다.

"생전 공부만 하던 애가 갑자기 무슨 축구를 한다고 난리를 치나 했더니, 이 생각 없는 양반이 애한테 바람을 넣었네! 바람을! 이러다가 당신처럼 이름도 없는 회사에서 펴어어어엉생! 대리나 과장으로 살면 어쩌려고 그래!"

"아니, 나 이번에 진급해! 과장 단다고!"

"그러니까 평생 과장으로 살면 어쩌려고 그러는 거야!"

"무슨 소리야! 나 진급 빠른 거 몰라? 3년 내에 부장 달 거야!"

아내의 잔소리에 진저리를 치던 그는 울컥해 외쳤다. 미래를 아는 민혁에게는 한숨이 나오는 이야기였다.

'아버지… 그냥 과장으로 계시는 게 좋아요.'

민혁은 목구멍을 타고 넘어오려는 말을 억지로 삼켰다. 3년 후 찾아오는 IMF 때 부장으로 진급하는 바람에 노조의 보호를 못 받아 회사에서 잘려 버린다고 말할 수는 없으니 말이다.

"그래서? 그래서 좋아? 이름도 없는 회사에서 과장 달면 좋냐고!"

"아니, 이 여편네가 지금……! 아! 아! 그만 때려! 그만!"

그는 계속해서 등짝을 때리는 아내를 피해 안방으로 도망쳐 버렸다.

순식간에 아군을 잃은 민혁은 도끼눈을 뜬 박순자 여사와 마주하게 되었다. 잠겨 버린 방문을 노려보며 씩씩대던 박순자 여사는 이까지 갈며 아들인 민혁을 노려보았고, 민혁은 자기도 모르게 목을 움츠리며 필사적인 변명을 시도해 보았다.

"어, 엄마. 그게요……."

"내가 뭐라고 했어! 어? 공부! 공부하라고 했지! 그깟 공놀이가 뭐가 중요하다고 공부한다고 거짓말까지 해가면서 엄마를 속여? 내가 널 그렇게 키웠냐! 어!"

"아… 아니, 엄마. 그러니까요……."

"듣기 싫어!"

박순자 여사는 민혁의 등짝을 세차게 때렸다. 학창 시절 배구선수가 아니었을까 하는 생각이 들 정도로 통렬한 일격이었다.

"악!"

"내가! 그렇게! 공부를! 해야! 된다고! 했어! 안 했어!"

"아, 아파요!"

"아프라고 때리는 거야!"

박순자 여사는 연달아 민혁의 등짝을 세차게 후려쳤다. 순간 주성치 영화에서 본 여래신장이 떠오른 민혁은 터지려는 웃음을 억지로 참으려다 이상한 소리를 내고는 한 대 더 맞았다.

엄살을 부리지 말라는 이유였지만, 정말 등짝이 터져 나갈 것 같았던 민혁으로선 억울하기 그지없는 이야기였다.

"내가 몇 번을 말해 몇 번으으으을! 공부를 해야 좋은 대학에 가서 판사도 되고 검사도 된다고!"

"어, 엄마. 판사를 하면 검사를 못 하고 검사를 하면 판사를 못 하… 악!"

"엄마 말에 말대꾸할래!"

민혁은 등짝에 가해진 충격에 몸을 비틀었다. 이건 정말 채찍으로 후려 맞는 기분이었다.

그는 다급히 입을 열었다.

"어… 엄마 말이 다 맞는데요. 그래도 운동은 해야 돼요.

경쟁이 덜할 때 체력을 길러야 나중에 안 지치고 공부를 하죠."

박순자 여사의 도끼눈이 조금 풀어졌다. 그녀가 생각하기에도 공부에 체력이 필요하긴 했다.

"그래서?"

"그, 그러니까요. 공부도 열심히 하고 축구도 할게요. 운동한다고 놀고 그러지만 않으면 되잖아요."

"진짜지?"

"네, 네."

민혁은 마른침을 삼키며 고개를 끄덕였다. 물론 축구를 그만둘 생각은 없지만 위기는 일단 벗어나야 했다.

박순자 여사는 아무래도 의심스럽다는 눈으로 민혁을 보다 말했다.

"알았어. 들어가서 씻고 공부해."

"…네."

"평균 90점 안 되면 축구 때려치우는 거다!"

민혁은 고개를 움츠리고 방으로 도망쳤다.

4
더러워서 못 해먹겠네

"아, 진짜 그 아줌마는 평생 도움이 안 되네."

민혁은 침대에 몸을 날리며 짜증을 터뜨렸다. 자신이 축구부에 들어간 걸 어머니 박순자 여사에게 말해 버린 정호 엄마 때문이었다.

생각해 보면 중학교 때도 고등학교 때도 항상 그랬다. 뭔가 좋은 일이 있을라치면 이상한 소리를 해서 집안에 풍파를 일으켰던 사람이 바로 그 정호네 아줌마였다.

게다가 그런 일로 문제가 생겨서 추궁을 할라치면 어느새 어디론가 잠수를 탔다가 한참 후에 나타나는 특기도 있었다. 정말이지 생각하는 것만으로도 짜증을 부르는 사람이었다.

'그나저나 이걸 어쩐다……'

평균 90점 정도야 어렵지 않았다. 과목이 많아지는 중학교 땐 기술이나 가정 같은 과목들 때문에 공부를 조금은 해야겠지만, 적어도 국민학교 단계에서는 평균 100점도 당연스레 획득할 수 있었다.

하지만… 그랬다간 공부에 대한 압박이 몇 배는 심해질 터였다.

"으으."

민혁은 머리를 감싸 쥐었다. 회귀 전 느꼈던 엄청난 압박이 되살아나는 느낌이었다.

물론 그가 열심히 공부를 하는 타입은 아니었다. 고등학교 야간자율학습 시간에 교과서 대신 각종 무협과 판타지를 꺼내 읽다 걸려서 얻어맞은 적도 한두 번이 아니었고, 주말에 도서관을 가서 공부한다며 받은 돈으로 PC방에 들어가 프로게이머를 꿈꾸던 시절도 있었다.

그러고서도 멀쩡한 대학에 멀쩡하게 들어갔으니 머리가 나쁜 건 아닐 테지만, 그래도 공부는 자신의 길이 아닌 게 분명했다.

그 길의 끝은 악덕 기업 IRC 소프트가 아니었냔 말이다.

"절대 이번엔 그렇게 못 해."

민혁은 바드득 이를 갈았다. 아침 8시 30분에 출근해서 새벽 3시에 퇴근하는 생활을 하며 살고 싶진 않았다.

그게 어디 사람 사는 삶이란 말인가.

반드시 축구로 성공하겠다는 결심을 또 한 번 다진 민혁은, 다음 날 학교에서 뜻밖의 이야기를 듣게 되었다.

"방학 끝나고 대회 하나 있는 거 아냐?"

"대회요?"

"마포구청장배 국민학생 체육대회라고, 마포구에 있는 국민학교들만 출전하는 대회 하나 있어."

양주호는 팔짱을 낀 채 민혁을 보았다. 중요한 이야기를 하는데 자신을 보지도 않고 트래핑만 연습하는 모습이 마음에 들지 않는 모양이었다.

잠깐 미간을 좁히던 양주호는 고개를 저었다. 그래도 이 더운 날씨에 저렇게 열심히 훈련을 하는데 칭찬은 못 해줄망정 화를 낼 수는 없는 것이다.

그는 팔짱을 풀며 입을 열었다.

"너 출전 명단에 넣었다."

"네?"

당황하는 바람에 공을 떨어뜨린 민혁은 양주호를 바라보며 물었다.

"4학년이 무슨 대회예요?"

"그래서? 뛰기 싫어?"

"형들이 기분 나빠할 텐데……."

"어차피 우리 축구부 5, 6학년 합쳐야 13명이야. 너 백업으로 투입해도 싫어할 놈 없어."

민혁은 그제야 고개를 끄덕였다.

2002년 월드컵 이후였다면 나이를 고려해 8 대 8 리그가 진행되었겠지만, 아직 그런 개념이 없는 90년대에서는 11 대 11 축구를 진리처럼 따르고 있었다. 그만큼 선수 육성에 대한 생각이 없다는 이야기였다.

그나마 경기장이 작고, 경기 시간이 30분에 그친다는 게 다행이었다.

그 점을 생각한다면 축구부 선배들이 민혁의 투입에 마냥 부정적일 것 같지는 않았다. 부상이나 체력 고갈 때문에라도 백업은 필요했으니 말이다.

"그러니까 방학에 하는 훈련에도 나와라. 아, 그리고……."

"네?"

"그, 맥기디 스핀인가 하는 거 어떻게 하는 거라고 했지?"

* * *

여름방학이 지나는 사이, 경신 국민학교는 경신 초등학교로 명패를 바꿔 달았다.

교육부 방침상으로는 1996년 3월 1일부터 초등학교라는 명칭을 사용한다는 발표가 TV로 나왔지만, 이미 바뀌기로 확정된 이상 시간을 끌 게 뭐가 있느냐는 학교들은 벌써부터 초등학교라는 명칭을 쓰기도 했다.

그로 인해 경신 국민학교 축구부원에서 경신 초등학교 축구부원이 된 민혁은 하늘을 보며 양손 검지로 하늘을 가리켰다. 마포구청장배 국민학생 축구대회 4강전 득점 세리머니였다.

사실 4강전이라고 해도 별로 대단할 건 없었다. 애초에 대회에 나온 학교가 고작 8개였으니까.

그러나 골의 과정은 경기를 보는 사람들을 놀라게 하기에 충분했다. 국민학생들이 나오는 대회에서 플립 플랩(Flip Flap)이 나오리라고 생각한 사람은 아무도 없었을 테니 말이다.

하지만 그것을 제대로 이해한 사람은 별로 없었다.

"저거 뭐야?"

200명 남짓한 관객들은 어안이 벙벙한 표정으로 경기장을 보았다. 플립 플랩이라는 용어도 생소한 한국에서, 그것도 평범한 마포구 주민들인 그들이 민혁이 보인 기술을 제대로 이해할 리 없었다.

플립 플랩.

일본계 브라질인인 세르히오 에치고가 만들어낸 기술로, 그의 팀 동료이자 브라질 국가대표였던 히벨리누에 의해 세계에 알려진 개인기였다.

다만 아직 한국과 일본 같은 나라에 대중적으로 알려진 기술은 아니었고, 때문에 관객들은 그것을 보고도 자신들이 뭘 봤는지 모르겠다는 표정만 짓고 있었다.

심지어 상대 팀 감독은 수비가 정신을 놓고 있었던 거라는 의심을 하며 욕설을 마구 내뱉고 있었다. 돌아가면 야구방망이로 얻어맞을 생각을 하라는 말까지 서슴없을 정도였다.

'내가 이거 연습하느라고 얼마나 힘을 뺐는데.'

민혁은 왠지 억울하다는 생각을 했다.

회귀 전 축구 동아리에서도 이 기술을 익히느라 한참을 고생했고, 과거로 돌아온 후에도 이것을 몸에 붙이느라 거의 2주를 보낸 민혁이었다. 단순히 시범을 보이는 정도라면 하루 만에도 가능했지만, 실전에서 쓸 정도로 다듬는 데엔 그만한 시간이 필요했기 때문이었다.

그런데 알아보는 사람은 아무도 없는 데다, 감탄을 해야 할 상대 팀 감독은 애먼 수비를 붙잡고 욕설을 하고 있으니 기분이 좋을 리 없었다.

울컥한 그는 고개를 돌리다 경신초 벤치의 모습을 보았다.

양주호는 아무 말 없이 박수를 치고 있었고, 웬일로 경기를 관람하러 온 교장의 표정은 왠지 썩어가고 있었다. 경신 초등학교가 3 대 1이란 스코어로 이기고 있는데도 말이다.

"양 선생, 상대 팀 지난 서울시장배에서 3등 한 팀이라고 하지 않았어요?"

"네, 그 학교 맞습니다."

"작년 주전이 전부 졸업한 모양이네."

교장은 안경을 슬쩍 올리며 미간을 좁혔다.

경신초 축구부는 상대 팀인 신서초 축구부를 농락하고 있었다. 원래대로라면 이렇게 차이가 날 만한 상대가 아니었지만, 과거로 회귀한 민혁이 은근슬쩍 흘리는 트레이닝 기법과 전술을 듣고 받아들인 양주호가 심혈을 기울여 부원들을 가르친 덕분이었다.

그 기간은 고작해야 2개월이었지만, 그사이에 끼어 있던 방학으로 인해 집중적인 훈련을 받은 경신초 축구부는 이전과는 완전히 다른 팀이 되어 있었다. 전국 최고라고 할 수는 없어도 이 근방에서 제일 실력이 좋다고 자부할 정도는 되었다는 뜻이었다.

그 사실에 자부심을 느낀 양주호는 교장의 말을 반박해 보았다.

"그때 주전은 절반이 졸업했지만 작년 에이스는 아직 남아 있다더군요."

"주전이 절반이나 나갔으면 3등 했던 팀이 아니죠. 그런 팀 이겨서 뭘 한다고."

교장은 잔뜩 인상을 썼다. 아무래도 상황이 마음에 안 드는 모양이었다.

그것을 눈치채지 못한 양주호는 자랑스레 말했다.

"아마 내년쯤 되면 서울시장배는 물론 전국 대회에서도 우승이 가능할 겁니다."

"전국 대회요? 무슨 그런 말도 안 되는……."

교장은 탐탁지 않다는 표정으로 헛기침을 뱉었다. 야구부 창설에 대한 야망을 가진 그로서는 축구부가 좋은 성적을 거두는 게 마음에 들 리 없었다.

한 학교에 두 개의 운동부가 있는 경우가 없는 건 아니었지만, 축구와 야구는 모두 운동장 전부를 써야 하는 스포츠기에 그 둘이 공존하는 건 불가능했다.

다시 말해, 야구부를 창설하려면 축구부를 폐부시켜야 한다는 이야기였다.

하지만 그 야망이 이뤄지긴 힘들어 보였다. 성적이 엉망이라면 모를까, 정말로 덜컥 우승을 해버리기라도 하면 폐부를 하자는 주장이 먹힐 리 없는 것이다.

"으음……."

교장은 또 한 골을 추가한 민혁을 보고는 입술을 깨물었다. 아무래도 특단의 조치가 있어야 할 것 같았다.

그로부터 한 달 뒤인 9월 18일.

양주호는 경신 초등학교에서 잘려 버렸다. 정확히 말하면 새로 개교하는 은평구의 초등학교 지원이라는 형식으로 전출이 되는 식이었지만, 아무리 생각해도 부당 해고에 가까워 보였다.

'역시 잘리는구나…….'

민혁은 생각했다. 그러나 원래보단 한 달 빠른 전출이었다. 민혁이 회귀를 하기 전이라면 10월 말이 되어서야 잘렸으니 말이다.

하지만 세부적인 상황은 달라지지 않았다.

이대로라면 민혁이 졸업한 다음 해에 축구부가 해체당하고, 교장이 그렇게나 원하던 야구부가 들어설 터였다.

"하긴, 뭐. 나랑은 상관없지."

민혁은 어깨를 으쓱했다. 자신이 졸업한 후에 축구부가 없어진다는 건, 적어도 자신이 있는 동안은 축구부가 유지된단 뜻이기 때문이었다.

그렇다면 자신이 신경을 쓸 이유는 없다는 게 민혁의 생각이었다.

그러나…….

그 생각은 다음 날을 끝으로 사라져 버렸다.

*　　　*　　　*

새 감독이라는 조중연은 간단한 인사만 끝내고 무표정한 얼굴로 자신의 계획을 짧게 말했다.

"축구는 체력으로 하는 거다. 앞으로 모든 훈련은 체력 훈련 위주로 할 거니까 그렇게 알아라."

그는 자신의 말을 충실히 지켰다. 양주호가 하던 기본기 연습을 전부 없애 버리고 400m 달리기와 팔굽혀펴기, 그리고 턱걸이 20회로 그 시간을 채운 것이다.

새 감독 조중연은 90년대 축구를 대표하는 스타일의 지도자였다. 한 문장으로 이야기하면 '체력 축구의 신봉자'였고, 다른 문장으로 이야기를 하자면 '고리타분한 데다 능력도 없는 구식 축구인'으로 요약할 수 있었다.

조중연 체제가 시작된 지 한 달 후.

연습경기에서 드리블을 시도하던 민혁은 조중연에게 싸대기를 두 대나 맞았다. 세 명이나 되는 선수를 제치고 골을 넣었음에도 손이 올라갔는데, 공격권을 잃을 수 있는 위험한 플레이를 했다는 게 손찌검의 이유였다.

'개새끼.'

민혁은 조중연 개새끼를 외치며 종이를 구겼다. 마음 같아서는 당장 고소장을 날리고 싶지만 이 시대에선 불가능한 이야기였다.

2000년대 초반까지만 해도 학생이 선생을 고소한다는 건 사회윤리를 벗어나는 이야기였고, 그것은 나름 깨어 있는 자신의 아버지도 별로 다르지 않을 게 뻔했다.

"내가 진짜 전학을 가든가 해버려야지."

민혁은 다시 이를 갈았다.

감독이 바뀐 후 축구부를 그만둔 사람만 세 명이었다. 그들은 축구가 좋아서 축구부에 든 거지 달리기만 하려고 축구부에 든 게 아니라고 말하며 축구를 때려치웠다.

그럼에도 조중연은 아무런 말 없이 퇴부서만 받아 들고 그들을 보냈다. 축구부 감독의 행동이라기엔 지나치게 이상한 대응이었다.

어쩌면 양주호가 잘리고 조중연이 감독으로 부임한 건 야구에 미친 교장의 음모일지도 몰랐다.

생각해 보면 민혁이 졸업한 후 축구부가 해체된 것도 서울시장배 청소년 축구 대회에서 예선 탈락을 했기 때문이었고, 그때의 감독도 조중연이었다.

100% 확실하진 않지만 신문에 날 정도로 형편없는 졸전을 펼쳤다는 기억이 있었다.

그리고 조중연은 야구부 고문을 맡았다는 이야기를 들었던 기억도 있었다. 이제 와서는 가물가물한 기억이었지만, 중학교를 같이 다녔던 친구가 무슨 축구 감독이 야구부 고문을 맡느냐며 어이없어하던 기억이 머릿속에 분명히 남아 있었다.

"내가 진짜 더러워서……."

민혁은 어떻게든 축구부를 옮길 방법을 고민했다. 하지만 전학도 쉽지 않았고, 전학을 간다고 해도 똑같은 놈이 감독으로 있다면 달라질 게 하나도 없을 터였다.

그야말로 사면초가(四面楚歌)임을 느낀 민혁은 머리를 쥐어짜내 탈출법을 고민했다.

방법을 찾은 건 그로부터 열흘 후였다.

5
GO GO 나고야

1994년 10월 11일.

일본 히로시마에서 열린 아시안게임 8강 경기는 모든 대한민국 국민의 주목을 끌었다. 중요한 시점에서 일어난 한일전이기 때문이었다.

민혁은 다른 의미로 그 경기에 주목했다. 그 경기를 보자 잊고 있던 기억이 떠오른 탓이었다.

'그러니까… 1995년 1월이었지?'

기억을 떠올린 민혁은 진지한 표정으로 생각에 잠겼다.

얼마 후인 1995년 1월.

J리그의 신생 팀 나고야 그램퍼스는 AS 모나코에서 물러난

아르센 벵거를 감독으로 데려왔다.

그들의 첫 번째 타깃은 거스 히딩크였고 두 번째 타깃은 브라질 국가대표 감독이던 텔레 산타나였지만, 그들 모두가 나고야와의 계약을 거절한 탓에 3순위였던 벵거에게 제안이 갔던 것이다.

마침 벵거는 마르세유의 승부 조작, 그리고 바이에른 뮌헨으로 가려던 자신을 별별 수단을 다 써가며 방해한 모나코 운영진과의 갈등으로 인해 프랑스 축구계에 환멸을 느끼고 있었고, 프랑스 외의 구단이라면 어떤 팀이라도 상관없이 먼저 연락이 오는 팀과 계약을 하겠다는 결정을 내리고 있었다.

그래서 그는 수많은 클럽들의 제안을 거절하고 나고야로 향한다. 단지 나고야의 제안이 조금 더 빨랐다는 이유였다.

"벵거 눈에만 들면 어떻게든 될 것 같은데……."

민혁은 진지하게 방법을 고민해 보았다. 벵거가 96년 7월에 나고야를 떠나 아스날로 간다는 걸 생각해 볼 때, 나고야 유스에 들어가 벵거의 눈에 띄기만 한다면 잉글랜드 무대로 가게 될 가능성은 적지 않았다.

AS 모나코 감독으로 있을 때부터 유망주에 신경을 많이 썼던 감독이 벵거니 말이다.

'전부 다 보진 않겠지만 코치들이 한 마디씩 하면 관심은 가지겠지.'

민혁은 자신의 능력이 모자라다고는 생각하지 않았다. 과거로 돌아오기 전에도 자신의 재능만은 충분하다 생각하고 있었고, 그것은 같은 회사에서 근무하던 프로선수 출신의 동료가 보증해 주었다.

그는 민혁이 축구를 한 적이 없다는 말을 믿지는 않았지만, 그게 사실이라면 메시나 호날두는 몰라도 루니 정도의 재능은 가졌을 거라고 말을 해 민혁을 지독히 슬프게 만들었다. 축구를 시작하기엔 너무 늦은 30대에 듣기에 좋은 말은 아니었던 까닭이었다.

게다가 축구부 감독이었던 양주호의 반응도 그러한 사실을 뒷받침했다.

물론 민혁의 정신연령이 30대 중반인 데다 축구에 대한 지식과 이해도가 높아 고평가를 받는 점도 감안은 해야겠지만, 그걸 고려하더라도 민혁의 재능이 뛰어나다는 건 의심할 수 없었다.

머릿속에 들어 있는 기술이라도 몸에 붙이는 건 어려운 일이었다. 붓을 들고 색을 칠할 줄 안다고 화려한 풍경화를 그릴 수는 없는 것처럼, 기술을 어떻게 쓰는지를 알아도 몸으로 그것을 구현해 내려면 부단한 노력과 연습이 필요했다.

하지만 민혁은 그것을 몇 달 만에 해냈다.

사실은 그것도 민혁이 가진 미래의 트레이닝 지식 덕분이지만, 그런 것들이 쌓이고 쌓이면 결국엔 진짜 실력이 되는 법이다.

"음… 일본으로 가?"

민혁은 심각하게 고민을 이어나갔다.

오덕까지는 아니어도 반덕 소리는 듣던 민혁에겐 일본 여행의 경험이 제법 있었고, 그로 인해 익히게 된 일본어도 나쁘지는 않은 수준이었다. 일본 적응이 어렵지는 않을 거란 뜻이었다.

하지만 그 전까지의 과정이 문제였다.

'안 돼. 불가능해.'

그는 한숨을 내쉬며 고개를 떨궜다. 11살인 자신이 자력으로 일본으로 가는 건 불가능했다.

항공권을 살 돈은 고사하고 여권을 만드는 데 들어갈 돈도 없는 데다가, 혼자서 일본으로 가겠다고 공항에 갔다간 미친놈 취급을 받고 티켓을 뺏긴 채 경찰서로 끌려가는 게 당연한 나이였다.

일본을 제 집처럼 드나들던 윤민혁은 30대의 아저씨였다. 11살의 꼬마로선 불가능한 소리였다.

하지만 이대로 경신 초등학교에 남아서 축구를 하는 건 탐탁지 않았다. 무엇보다 그랬다가는 축구가 싫어질 것만 같은 느낌이 들었다. 자신은 공을 가지고 플레이를 하고 싶은 거지 무작정 달리고 싶은 게 아니니 말이다.

고민하던 그는 곧 방법을 떠올렸다.

과거… 아니, 이제는 미래인 2000년대.

발롱도르 수상자 마이클 오웬과 챔피언스리그 우승 경험이 있는 오웬 하그리브스는 소속 팀을 구하지 못하던 시절에 자신의 플레이가 담긴 영상을 각 구단으로 보내 영입을 권했다. 이만한 능력이 있으니 영입을 생각해 보라는 어필이었다.

그리고 이름이 기억나지 않는 5살 소년이 비디오 영상만으로 유럽 명문 팀 유스에 발탁되었던 기억도 있었다.

생각보다 재능이 없었는지 그 후의 이야기는 들려오지 않았지만.

민혁은 그들의 전략을 따르기로 했다. 다른 사람이라면 몰라도 아르센 벵거라면 가능성이 있었다.

그는 곧장 고등학교에 다니는 사촌 형에게 전화를 걸었다.

"형 PC 통신 한다고 했지?"

—응. 근데 그건 왜?

"나고야 그램퍼스 주소 좀 알려줘. 우편번호랑 같이."

—나고야 그램퍼스가 뭔데?

민혁의 사촌 형은 도대체 네가 무슨 소리를 하는지 모르겠다는 반응을 보였다. 하기야 94년의 일반인이 J리그의 구단에 대해 아는 게 오히려 이상한 일이었으니, 그가 보이는 반응이 지극히 정상이었다.

"일본에 있는 축구단."

—니가 그걸 왜 찾아?

"필요하니까 찾지! 아무튼 부탁해!"

—야! 야!

민혁은 재빨리 전화를 끊었다. 꼬치꼬치 캐묻기 시작하면 끝이 없는 사촌 형의 압박에서 벗어나기 위해서였다.

그로부터 나흘 후.

민혁의 사촌 형은 나고야 그램퍼스의 주소를 찾아내 전화로 알려주었다. 이걸 알아내느라 전화비 엄청 깨졌다는 투덜댐은 보너스였다.

적어도 한 달은 걸릴 거라고 생각했던 민혁은 사촌 형의 실행력에 혀를 내둘렀다.

하지만 지금 편지를 보낼 순 없었다. 아르센 벵거가 나고야에 부임하려면 아직도 두 달은 지나야 했으니 말이다.

"그동안은 일본어나 좀 더 공부해야지."

그는 나고야 그램퍼스의 주소를 적은 노트를 서랍에 넣고 중얼거렸다. 회귀 전 오덕 라이프를 살아온 덕분에 일본어를 적당히 할 수는 있었지만 프리토킹이라 하기엔 어색한 수준이었다. 일본에 갈 수 있다는 확신은 없지만, 만약을 대비해 일본어 공부는 해야 할 것 같았다.

해야 할 일은 하나 더 있었다.

설 연휴가 지난 어느 날, 민혁은 텅 빈 운동장에 캠코더를 세워두고 각도를 확인했다. 1989년에 처음 나온 소니 'CCD-TR55'였다.

그건 한국에선 이제야 대중에게 선보이는 8㎜ 캠코더였다.

일본에서는 바로 다음 해 말부터 판매가 주춤하지만, 한국엔 작년이 되어서야 슬금슬금 들어오던 물건이었다.

물론 민혁의 돈으로 구입한 건 아니고, 집에 캠코더가 있다며 줄기차게 자랑을 하는 반 친구에게 떡볶이를 사주기로 하고 빌려 온 물건이었다.

“좋아.”

민혁은 캠코더를 고정시킨 후 공을 가져와 트래핑을 선보였다. 그리고 미리 가져다준 컬러콘(고깔)을 1m 간격으로 세워두고 드리블을 하는 장면도 캠코더로 녹화를 했고, 골대에서 10m 떨어진 곳에서 프리킥을 하는 모습과 갖가지 개인기를 시도하는 장면도 녹화해 두었다.

비록 상대가 없어 감흥을 주기는 어려울 테지만, 벵거 정도의 안목을 가진 감독이라면 틀림없이 알아보리라는 확신을 가지고 있었다.

그로부터 20분 후.

민혁은 녹화된 영상을 확인했다. 안타깝게도 영상을 편집할 방법은 없었으나, 11살밖에 안 된 초등학생의 실력이라고는 믿기 힘든 테크닉이 담긴 영상이라 걱정은 덜했다.

‘이 정도면 되겠지.’

그는 맥기디 스핀이 담긴 영상을 보며 중얼거렸다. 아직 이 시대엔 만들어지지도 않은 기술이지만, 테크닉을 중시하는 벵거라면 이 기술의 효용성을 모를 리 없었다.

이 영상을 보지 않는다면 모를까, 그렇지 않다면 자신에게 관심을 가질 것이리라.

"좋아."

민혁은 테이프를 빼내어 조심스레 충격 방지 포장을 했다. 있는 거라고는 에어캡과 신문지 정도였지만, 화물 항공기로 배송을 한다는 걸 생각하면 이 정도 정성은 들여야 했다.

친구 집에 들러 캠코더를 돌려준 민혁은 우체국을 찾아가 나고야로 향하는 소포를 보냈다. 그나마 설날에 받은 세뱃돈이 있어서 다행이란 생각이 들었지만, 청구된 금액을 보고는 그만 하얗게 굳어버렸다.

하지만 배송을 하지 않을 수도 없는 일.

민혁은 눈물을 삼키며 배송비를 지불했고, 세뱃돈은 겨우 500원만 남았다.

* * *

1995년 2월 3일.

아르센 벵거는 고개를 갸웃했다. 프랑스도 아닌 한국에서 이런 편지가 왔다는 걸 어떻게 해석해야 하나 생각하는 듯한 모습이었다.

"티에리 앙리를 어떻게 알지?"

아르센 벵거는 편지로 이마를 툭툭 치며 생각에 잠겼다.

자신을 아는 거야 그렇게 이상하진 않았다. 이곳이 비록 축구 변방인 동아시아라지만 축구에 관심이 많은 사람이라면 AS 모나코에 대해 알 수도 있었고, 그곳의 감독이던 자신에 대해서도 알고 있을 가능성은 충분히 있었다.

하지만 티에리 앙리라는 이름이 나온 건 정말 뜻밖이었다.

앙리는 모나코에서 겨우 반 시즌 출전한 선수인 데다가, 그가 자신과 있던 시간도 고작 1년에 불과했다. 그것도 유스 시절을 포함해야 나오는 기간이었다.

거기에 앙리가 첫 출전을 한 건 1994년 8월 31일이었고, 자신이 AS 모나코를 떠난 건 같은 해 9월 17일이었다. 다시 말해 앙리와 자신의 연결 고리는 단 세 경기뿐이라는 이야기였다.

그런데 자신이 그를 높게 평가하고 있다는 걸 도대체 어떻게 안단 말인가.

'사실 여기로 올 때 데려오고 싶었지.'

벵거는 모나코에 남아 있는 더벅머리 소년의 모습을 떠올렸다. J리그 같은 곳에서 썩을 만한 선수가 아니라서 여기로 오라는 제안을 하지는 못했지만, 그래도 데려올 수 있다면 당연히 데려오고 싶은 선수가 바로 티에리 앙리였다.

AC 밀란에 있는 조지 웨아를 발견했을 때 느꼈던 짜릿함.

티에리 앙리에겐 그런 느낌을 받게 하는 무언가가 있었다.

잠시 프랑스에 있는 제자를 생각하던 벵거는 편지와 함께 온 비디오테이프에 시선을 두었다.

편지를 보낸 사람은 자신의 정체를 밝히지 않았다. 하지만 동봉한 테이프에 티에리 앙리 수준까진 아니어도 괜찮은 유망주의 플레이가 담겨 있으니 확인해 보라는 글이 영어로 적혀 있었고, 그것은 그의 관심을 조금씩 끌고 있었다. AS 낭시에서의 경험으로 인해 유망주 육성의 중요성을 뼈저리게 느낀 덕분이었다.

그는 AS 낭시에서 감독 생활을 시작했는데, 낭시는 열악한 재정으로 영입 자금을 제대로 주지 못했다. 구단 운영진은 돈이 없으니 자유계약선수나 임대선수를 알아보라는 이야기만 되풀이할 뿐이었다.

하지만 그래서는 팀이 발전할 수 없다 느낀 벵거는 유소년 육성만이 살아남는 방법이란 철칙을 가지게 되었으며, 그것은 AS 모나코의 감독이 된 후에도 전혀 변하지 않았다.

그 덕분에 조지 웨아와 엠마누엘 프티라는 월드 클래스를 발굴해 냈고, 월드 클래스가 될 것이 분명해 보이는 티에리 앙리도 찾아낸 것이다.

"흠……."

벵거는 테이프를 집어 들었다. 아시아의 유망주라면 별 볼 일 없으리란 생각이 들긴 했지만 한 번쯤 보는 것도 나쁘진 않겠다 싶었다.

사실 그 결정엔 기분 전환이라도 하고 싶다는 마음도 들어 있었다. 극성스러운 일본 기자들의 공격에 진저리가 쳐지고 있던 참이기 때문이었다.

"어디, 확인이나 해볼까."

벵거는 TV에 연결된 VRC를 켜고 테이프를 밀어 넣었다.

*　　　　*　　　　*

민혁은 등굣길에 발견한 편지를 보고는 주먹을 불끈 쥐었다. 발신인 란에 있는 'Arsen Wenger'라는 이름 때문이었다.

등굣길에 편지를 열어보지 못한 민혁은 학교에 도착하자마자 가방을 내려놓고 봉투를 뜯었다.

벵거의 편지는 영어로 적혀 있었다. 아마도 민혁이 영어로 편지를 썼기 때문에 답변도 영어로 보냈을 터였다.

'일본어가 더 편한데.'

민혁은 잠깐 투덜거렸다. 하지만 벵거가 일본어를 능숙히 구사할 리 없는 데다, 자신도 영어로 편지를 보냈음을 생각하면 답변도 영어로 오는 게 당연했다. 벵거로서는 편지를 보낸 사람이 영미권의 사람이라고 생각했을 터였기 때문이었다.

수업을 시작한 담임의 눈치를 살피던 그는 조마조마한 마음으로 편지를 읽었다. '귀하의 뛰어난 역량에도 불구하고, 아쉽지만 제한된 모집 인원으로 인해 함께할 수 없게 되었습니다' 같은 내용이 있지는 않을까 싶어서였다.

다행히 그런 문장은 보이지 않았다.

편지는 도대체 자신을, 그리고 티에리 앙리라는 이름을 어떻게 알았는지 모르겠다는 문장으로 시작하고 있었다.

그 뒤엔 관심을 가져줘서 고맙다는 통상적인 인사가 담겨 있었는데, 그걸 본 민혁은 자기도 모르게 신음을 흘렸다. 어쩌면 단순한 팬레터 정도로 생각하고 중간에 편지를 접어버렸을지도 모른다는 불안감이 원인이었다.

하지만 불안은 2분 만에 사라졌다.

벵거가 보낸 편지의 말미엔 영상에 나온 소년의 주소를 알려주면 초청장과 비행기 티켓을 보내주겠다는 내용이 담겨 있었다. 민혁의 생각이 통했다는 이야기였다.

"만세!"

자기도 모르게 만세를 외쳤던 민혁은 자신에게 쏘아지는 수많은 시선에 당황해 버렸다. 지금 한창 수업 중이라는 사실을 그만 까맣게 잊고 있었던 것이다.

당황한 그는 칠판이 있는 곳으로 고개를 돌렸고, 그곳에 있던 민혁의 담임은 어이가 없다는 표정으로 민혁을 보다 회초리를 들며 입을 열었다.

"윤민혁! 앞으로 나와!"

*　　*　　*

"호오… 나고야란 곳에서 편지가 왔다고?"

교장은 안경을 고쳐 쓰며 물었다.

민혁을 쥐 잡듯 잡으려던 담임은 민혁이 제시한 편지를 보고는 굳어버렸다. 그녀도 대학을 졸업한 교원이라 영어를 모르는 건 아니었지만, 그녀의 몸속에 흐르는 위정척사(衛正斥邪)의 피가 영어에 대한 알레르기 반응을 강하게 드러냈기 때문이었다.

결국 그녀는 민혁에 대한 처리를 교장에게 넘겨 버렸고, 그 이야기를 들은 교장은 눈을 빛내며 민혁에게 이것저것 묻고 있었다. 잘하면 민혁을 합법적으로 치워 버릴 수 있지 않을까 싶었던 것이다.

"네."

"나고야면 그… 일본 도시 아니냐?"

"네, 거기 있는 축구팀이에요."

"그으래애?"

교장은 눈을 빛냈다. 잘하면 축구부 에이스를 해외로 치워 버릴 수 있을지도 몰랐다.

"그러니까, 해외에 있는 축구팀에서 널 키워보고 싶다는 연락이 왔다고?"

"네. 일단 거기 유스… 그러니까 나고야에 있는 학교 축구부에서 뛰면 어떻겠냐고……."

"편지 좀 보자."

민혁은 벵거에게서 온 편지를 건넸고, 교장은 안경을 몇 번이나 움직이며 편지를 보았다.

교장은 말없이 신음만 흘렸다. 일본어로 된 편지일 줄 알았는데 영어가 적힌 탓에 당황한 것이다.

사실 그는 영어를 몰랐다. 6.25라는 난리 통에 시스템이 사라진 틈을 타 교육계로 입문한 사이비 교사 출신이기 때문이었다.

"음."

교장은 편지를 읽는 척하다 그것을 내려놓았다.

체면상 내용을 모르겠다고 할 수 없었던 그는 어색한 미소를 띠우며 민혁에게 말했다.

"효자네. 부모님이 좋아하시겠어."

"그, 그게……."

"왜?"

"부모님은 아직 모르세요."

교장은 순간 위기를 느꼈다.

아무리 해외에서 영입을 원해도 부모가 결사반대를 외친다면 안 되는 일이었다. 다시 말하면 민혁이 축구부에 남는다는 뜻이었고, 그건 그가 가진 야구부 창설의 야망이 힘을 잃을 가능성이 높아진단 소리였다.

잠깐 고민을 하던 교장은 입을 열었다.

"일단 부모님부터 설득해야겠구나."

"네."

민혁은 순식간에 움츠러들었다. 각오는 했지만 어머니 박순자 여사의 여래신장을 떠올리자 등골이 쭈뼛 서는 느낌이었다.

"걱정하지 마라. 이 교장 선생님이 해결해 주마."

교장은 이번엔 아군이 되어주었다. 축구부 폐부와 야구부 창단의 야망을 가지고 있던 그로서는 축구부 에이스가 된 민혁이 학교를 떠나기를 바라고 있었기 때문이었다.

물론 감독인 조중연과 말을 맞춰서 민혁을 대회에 내보내지 않을 수도 있지만, 그랬다가 언론이 떡밥이라도 물었다가는 축구부가 폐부되기 전에 자신이 교직에서 잘릴지도 몰랐다.

그러니, 그로서는 이번 기회를 살려 민혁을 저 멀리 보내려고 최선을 다하는 게 당연했다.

그는 민혁에게 집 전화번호를 물어 전화를 걸었다.

박순자 여사는 사색이 된 채 학교로 뛰어왔다. 담임도 아닌 교장에게서 전화가 걸려왔단 사실이 그녀의 심장을 쿵쾅대게 만들었다.

도대체 자기 아들이 어떤 사고를 쳤길래 교장이 자신을 보자고 한단 말인가.

허겁지겁 뛰어온 그녀는 교장실로 들어오자마자 저자세를 취했다.

"교, 교장 선생님. 저희 애가 무슨 잘못이라도……."

"아, 문제가 있어서 뵙자고 한 게 아닙니다. 앉으세요."

교장은 푸근한 미소를 띠우며 의자를 가리켰다. 박순자 여사는 불안을 지우지 못한 표정으로 자리에 앉아 교장실 내부를 둘러보았다. 민혁이 여기에 있다면 귀를 잡아끌고 와 등짝을 때릴 생각이었다.

하지만 민혁은 보이지 않았다. 그런 일이 있을까 봐 도망친 것이다.

민혁이 없는 이유를 알 리 없는 박순자 여사는 조금 더 불안해진 표정으로 입을 열었다.

"저… 교장 선생님. 저희 애가 잘못을 한 게 아니면 무슨 일인가요? 저는 정말 너무 놀라서……."

"좋은 일입니다. 걱정하지 않으셔도 돼요."

"좋은 일요?"

"그렇습니다."

교장은 여전히 불안해하는 박순자 여사에게 나고야에서 날아온 편지를 건넸다.

"이게 뭔가요?"

"민혁이가 받은 편지입니다. 일본에서 왔다더군요."

"네? 일본요?"

박순자 여사는 도대체 교장이 무슨 소리를 하는지 모르겠단 표정을 지어 보였다. 미안한 말이지만 저 노인네가 치매가 와서 정신이 오락가락하는 건 아닌가 싶은 생각도 잠깐 한 그녀였다.

그녀의 생각을 모르는 교장은 손을 살짝 들어 편지를 보라는 사인을 보냈다. 하지만 박순자 여사는 영어를 몰랐고, 때문에 그녀는 편지를 잠깐 보다 당황하며 물었다.

"이게 무슨 내용인가요?"

"나고야라는 곳에서 민혁이를 선수로 키워보고 싶다는 제안입니다."

"편지가 긴데, 내용이 그게 단가요?"

"음……."

교장은 흠칫했다. 자기도 영어를 몰라서 못 읽었다고 할 수는 없는 일이 아닌가.

당황하던 그는 깍지 낀 손을 무릎에 올리며 진지하게 말했다. 화제를 돌리기 위함이었다.

"민혁이 어머님, 이번 제안은 민혁이에게 다시 오기 힘들 정도로 좋은 기회입니다."

교장은 나고야 그램퍼스는 물론 아르센 벵거라는 이름도 몰랐다. 그러니 정말 좋은 기회인지 아닌지도 모르고 있었지만, 그는 이번 기회가 정말 평생에 한 번 있을까 말까 한 기회라는 표정으로 설득을 이어갔다.

"남들은 돈을 주고서라도 유학을 보내는데, 민혁이는 그쪽에서 비용을 다 댄다고 하지 않습니까?"

"그래도……."

"제가 교직에 40년을 있었습니다. 그런데 그동안 이런 기회를 잡은 학생은 단 한 명도 없었어요. 고등학교 들어가서 활약을 해도 국내에 있는 구단에서나 접근을 하는데, 민혁이는 아직 국민학생… 아니, 초등학생인데도 외국 구단에서 연락이 온 거 아닙니까."

교장은 열심히 그녀를 설득했다. 마치 방문판매원을 연상케 하는 모습이었다.

하지만 박순자 여사의 표정은 여전히 좋지 않았다. 눈앞에 있는 게 교장이 아닌 일반 교사였다면 멱살을 잡았을 것 같은 얼굴이었다.

그걸 알 리 없는 교장은 진지함을 가장한 목소리로 말했다.

"민혁이는 국가대표도 될 수 있을 겁니다."

"교장 선생님, 그래도 그건 그냥 가능성이잖아요. 교장님 손자라면 그런 거 보고 보내시겠어요?"

교장은 고개를 저으려다 애써 참고 입을 열었다.

"정 안 되면 일본에서 공부하고 왔다고 생각하면 되는 거죠. 아시겠지만 일본은 노벨상 수상자를 10명이나 배출한 나라예요. 민혁이가 거기서 공부를 하면 한국에서 공부를 하는 것보다 나을 겁니다."

박순자 여사는 그 말에 흔들렸다.

하지만 아직도 문제는 남아 있었다. 민혁이 일본어를 할 줄 안다는 사실을 모르는 그녀였기 때문이었다.

"근데 우리 애가 일본어를……."

"거기 한국인들 다니는 학교도 있습니다. 원하시면 제가 추천장을 써드리겠습니다."

흔들림이 조금 커졌다. 그러고 보니 며칠 전 경희 엄마가 '우리 경희 이번에 유학을 보내려고. 한국은 수준이 떨어져서 안 될 것 같다니까'라는 말을 했던 기억도 있었다.

경희가 95점을 받은 시험에서 100점을 받은 민혁이 경희보다 못할 게 뭐란 말인가.

"저, 교장 선생님."

"네."

"우리 애가 거기서 잘할 수 있을까요?"

박순자 여사는 흔들리는 눈으로 물었다. 그래도 11살밖에 안 된 애를 외국으로 보낸다는 게 마음에 걸렸기 때문이었다.

흔들림을 느낀 교장은 좀 더 열의를 담아 말했다.

"그럼요. 제가 성적을 확인해 보니까 민혁인 공부도 잘하더라고요. 혹시 압니까? 민혁이가 동경대를 수석으로 졸업할지요."

"동경대……."

박순자 여사는 뭔가에 홀린 듯이 고개를 끄덕였다. 90년대 초반까지만 해도 일본은 한국을 아득히 압도하는 선진국으로 평가받는 시기였기에, 동경대라는 이름은 하버드 바로 다음가는 대학교로 평가되고 있었던 탓이었다.

"교장 선생님. 저희 민혁이 잘 부탁드릴게요."

"허허허허. 걱정 마십시오. 제가 최대한, 정말 최대한 신경 써서 일본으로 보내겠습니다."

교장은 마지막에 악센트를 넣었다. 본심이 흘러나오는 바람에 생긴 현상이었다.

집으로 돌아온 박순자 여사는 이야기를 듣고 황당해하는 남편을 쥐 잡듯 잡아 민혁의 일본행을 이끌어낸 후 동네가 떠나가도록 자랑을 했다. 공부 잘하는 딸을 유학 보낸답시고 거들먹거리던 경희 엄마를 향한 저격이었다.

경희는 돈 내고 유학을 가는데 우리 아들은 외국에서 장학금을 주면서 데리고 간다는 자랑을 들은 경희 엄마는 머리를 싸매고 드러누웠고, 승리감에 도취된 박순자 여사는 동네 주부들을 모아 소갈비집에서 회식을 했다는 후일담도 있었다.

그로부터 며칠 후.

민혁은 일본으로 향하는 비행기에 올랐다.

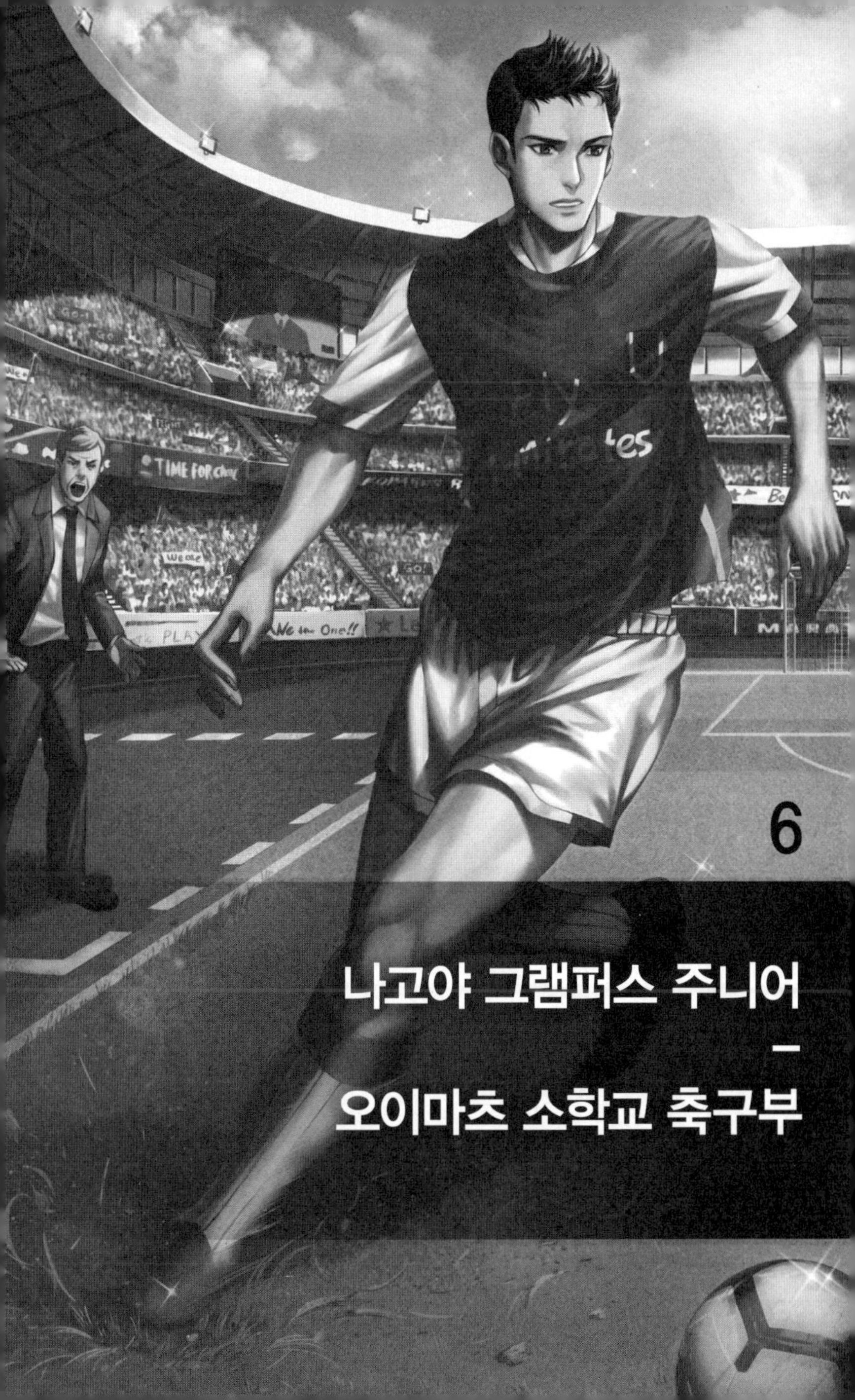

6

나고야 그램퍼스 주니어 – 오이마츠 소학교 축구부

1993년 시작된 J리그는 처음부터 유소년 선수 육성을 의무화했다.

프로에 참여하는 '톱 리그' 그리고 그들의 백업으로 육성되는 '서틀라이트 리그'는 물론이고, 18세 이하 팀(정식 명칭 '유스')과 15세 이하 팀(정식 명칭 '주니어 유스'), 그리고 12세 이하 팀(정식 명칭 '주니어')까지 갖춰야만 리그에 참여할 수 있도록 되어 있었다. J리그가 모델로 삼은 리그가 브라질 세리에였기 때문이었다.

하지만 막 발을 뗀 J리그와 나고야는 유소년 육성보다는 당장의 흥행에 집중하고 있었다. 1986 월드컵 득점왕인 게리 리네커나 '발칸의 마라도나' 드라간 스토이코비치를 영입한 것과는 달리, 유소년 육성은 구단 인근에 있는 학교에 맡겨두는 게 고작이었다.

그래도 한국보다 조금 나은 건, 브라질 출신의 코치들이 간간이 찾아와 조언을 해준다는 점이었다.

민혁이 들어간 오이마츠 소학교(老松小學校)도 그런 코치의 방문을 받는 곳이었다. 비록 정식 코치가 아닌 시간제 계약을 한 코치들이었지만, 유소년 육성에 대한 커리큘럼이 부실한 아시아 국가들 기준으로는 최상의 환경이 제공되는 곳이라 할 수 있었다.

그리고 오늘.

하품을 하며 찾아온 브라질 코치는 운동장을 보며 입을 벌렸다. 몇 년째 쓰지 않았던 모국어가 흘러나올 지경이었다.

"inacreditavel(믿을 수 없군)……."

나고야 코치 모아시르 페데네이라스는 자기도 모르게 고개를 저었다.

그는 본래 브라질 세리에 B에서 뛰던 축구선수였다. 제법 뛰어난 실력을 가진 미드필더였지만 세리에 A로 올라갈 정도는 아니라 세리에 B에 속한 클럽에서만 10년을 뛰었고, 마지막 팀이었던 파라나 클루비에서 임금이 체불되어 고민하던 중 일본인 친구의 추천을 받고 나고야로 건너와 시간제 코치로 일하고 있었던 것이다.

하지만 그는 일본에서의 생활을 별로 좋아하지 않았다. 월 3,000 달러의 봉급에 세금까지 구단에서 내준다는 조건에 혹해 일본에 왔지만, 그 외의 모든 것이 마음에 들지 않았다.

고기는 맛이 없고 생선은 비렸으며 술이라고 나오는 사케는 텁텁하기 그지없었다. 삶을 즐기는 브라질인으로서는 진저리가 쳐질 만한 생활이었다.

거기에 일본인들의 태도도 기분 나빴다. 함께 온 백인 동료에게는 간이고 쓸개고 빼 줄 것처럼 행동하면서, 흑백 혼혈인 자신에겐 어딘지 모르게 날을 세우는 느낌이었다.

더 기분 나쁜 건 일본의 축구였다.

아무리 리그를 시작한 지 3년밖에 안 된 곳이라곤 하지만, 저것도 축구라고 해야 하는지 의심스러운 플레이를 보이는 자들이 자기보다 높은 연봉을 받고 있었다.

그놈의 외국인 제한만 아니었다면 자신도 선수로 뛰었겠지만, 외국인 선수 출전 제한이 있는 J리그엔 그의 자리가 없었다. 4년 전에 거품이 꺼지면서 경제위기가 찾아왔다는 일본임에도 화려한 경력이 넘쳐나는 용병이 가득했기 때문이었다.

하얀 펠레 지쿠와 월드컵 우승의 주역인 독일의 '피에르 리트바르스키', 86 월드컵 득점왕인 잉글랜드의 '게리 리네커'와 발칸의 마라도나 '드라간 스토이코비치', 마라도나의 동료이자 나폴리의 주역이었던 '카레카'와 1990년 발롱도르 2위에 빛나는 '살바토레 스킬라치' 등등…….

그런 선수들을 데리고 있는 J리그의 클럽이 브라질 세리에 B 출신인 모아시르 페데네이라스를 선수로 원할 리 없는 것이다.

때문에 그는 일본에 온 후로는 축구에 대한 흥미를 잃고 있었다. 축구는 이제 돈을 버는 수단에 불과했고, 일본에 온 브라질인들이 만든 풋볼 클럽에도 나가지 않았다. 괜히 축구에 다시 흥미를 붙였다가는 일본에서의 삶을 견디기가 한층 더 어려워질 것 같아서였다.

하지만 오늘, 그는 그 생각이 잘못되었다는 느낌을 받았다.

그는 오이마츠 소학교 축구부의 감독 미야모토 히로시를 불러 세웠다. 운동장에서 브라질인이 아닐까 의심하게 만드는 플레이를 보이는 학생의 이름을 알아야겠다는 생각이 들었기 때문이었다.

"미야모토 씨, 저 애 이름이 뭡니까?"

미야모토 히로시는 펜으로 머리를 긁었다. 이름을 듣기는 했는데 기억이 안 났다.

"모르겠습니다."

"몰라요?"

"올해 초에 전학 온 애거든요."

미야모토 히로시는 성의 없이 말했다. 그가 저 소년에 대해 기억하고 있는 거라고는 한국인이란 정보가 고작이었다.

그사이, 모아시르의 주목을 받은 소년은 가벼운 동작으로 수비수를 제쳐내고 골을 넣었다. 정말이지 완벽한 페이크였다.

"거의 10년은 축구를 한 선수 같군요. 아주 노련해요."

"그럼 걸어 다닐 때부터 축구를 했다는 소리겠네요."

미야모토 히로시는 어깨를 으쓱하며 말했다. 제법 잘하는 것 같기는 해도 그런 말을 들을 정도는 아니라는 생각을 하는 듯했다.

모아시르는 한심하다는 시선으로 그를 보았다. 그래도 축구로 밥을 먹는다는 사람이 어떻게 이리 태연할 수 있나 싶었다.

'호마리우까지는 몰라도 베베투 정도는 될 수 있을 것 같은데…….'

그는 긴장을 이기지 못하고 마른침을 삼켰다. 비토리아에서 유소년 선수로 있던 시절 함께 뛰었던 베베투의 모습이 떠오르는 느낌이었다.

"그땐 진짜 종이 한 장 차이였는데."

"네?"

"아무것도 아닙니다."

모아시르는 고개를 젓고 입을 닫았다. 자기가 조금만 운이 좋았더라면 베베투를 대신해 브라질 국가대표로 나섰을지도 모른다는 망상을 입 밖으로 낼 순 없었다.

물론 종이 한 장 차이였다는 건 모아시르의 일방적인 착각이었다. 정말 그랬다면 그가 선수 생활 전부를 세리에 B에서 보냈을 리 없으니 말이다.

"저 학생 좀 불러주시겠습니까?"

"네? 아, 네. 알겠습니다."

미야모토는 경기를 중단시키고 민혁을 불렀다.

의아해하며 다가온 민혁은 모아시르를 보고는 고개를 갸웃했다. 처음 보는 얼굴이기 때문이었다.

"그램퍼스에서 온 코치님이다. 인사해."

민혁은 미야모토의 말을 듣고는 꾸벅 고개를 숙였고, 모아시르는 민혁의 이름을 물었다.

"너 이름이 뭐야?"

"윤민혁요."

"뭐 그렇게 이름이 짧아?"

모아시르는 되물었다. 일본인들은 보통 6~7 음절의 이름을 가지고 있었기에, 그가 단 세 음절만 말하는 민혁의 이름에 고개를 갸웃하게 되는 것도 당연했다.

그러던 모아시르는 주먹을 탁 치며 입을 열었다.

"자이니치(在日)?"

"아닌데요."

"그럼?"

"한국에서 태어난 한국인이에요. 여긴 그냥 벵거 감독님 찾아서 유학 온 거고요."

모아시르는 고개를 끄덕였다. 그러고 보면 브라질에도 베네수엘라나 콜롬비아 등에서 유학을 온 선수가 종종 있었다.

당장 자기가 있었던 비토리아 유스 팀에도 볼리비아 출신의 선수가 있었고, 외국인이 많은 상파울루 지역의 클럽엔 유럽인과 미국인, 심지어 일본인까지 종종 보였다. 전후(2차 세계대전)인 50년대와 60년대에 브라질로 건너간 일본인이 상당했기 때문이었다.

머릿속을 대충 정리한 그는 다음 질문을 꺼냈다.

"너 축구 언제 시작했어?"

"작년부터요. 그러니까 한 10개월 됐나?"

"농담이지?"

"아닌데요."

"축구를 10년은 한 것 같은 플레이였는데……."

민혁은 자기도 모르게 움찔했다. 회귀 전에 축구를 한 기간을 고려하면 10년 이상이었다.

사실, 민혁이 보이는 모습은 그때의 경험에도 이유를 둘 수 있었다. 따지고 보면 플래티넘 티어에 있는 유저가 브론즈 랭크 사이에 끼어 있는 것과 다르지 않으니 말이다.

하지만 그것과는 별개로 민혁에게 재능이 있는 건 분명했다.

회귀 전에 익혔던 기술들이라고는 해도 몸에 그대로 새겨지진 않았다. 때문에 그는 머릿속으로만 기억하는 기술을 다시 익혀야 했고, 그건 결코 쉽지 않은 일이었다.

그러나 민혁은 몇 달 만에 거의 모든 테크닉을 몸에 붙였다. 신체 나이가 이제 겨우 12살이라는 걸 고려해도 놀랄 만한 속도였다.

모아시르가 그런 것까지 알지는 못했지만, 어쨌거나 4월 1일이 되어야 5학년이 되는 아이가, 그것도 축구를 시작한 지 10개월밖에 안 된 아이가 다양한 기술을 자유롭게 구현한다는 건 놀랍지 않을 수 없었다.

“너 몇 살… 아니, 몇 년생이야?”

“1984년요.”

“생일은?”

“9월인데요.”

모아시르는 혀를 내둘렀다. 보통 같은 나이라도 1월과 2월생이 가장 주목을 받았고, 4월부터 학제가 시작되는 일본은 4월과 5월생이 가장 성장이 빨랐다. 아무래도 머리가 좀 더 굵어져 기술을 받아들이는 속도가 높아서 일어나는 현상이었다.

그런데 9월생…….

“가만있어 보자. 84년 9월이면 10살이지?”

“서양 쪽 나이로는 그렇겠네요.”

“한국은 달라?”

“네.”

“뭐, 그건 중요한 게 아니고…….”

모아시르는 비슷한 연령대의 선수들을 떠올려 보았다.

'히라야마인가 하는 애도 이 녀석만큼은 안 될 것 같은데.'

그는 얼마 전 들었던 이야기를 떠올려 보았다. 후쿠오카에 있는 친구에게서 들은, 히라야마 소타라는 천재에 대한 이야기였다.

이제 겨우 소학교(초등학교) 3학년인데도 타하라 풋볼 클럽에서 레귤러로 나간다던가…….

어린데도 레귤러로 나가는 선수들은 두 가지 타입으로 나눌 수 있었다. 하나는 피지컬이 또래 이상이라 나이 많은 형들과 뛰어야 하는 경우고, 또 한 가지는 피지컬을 뛰어넘는 기술과 축구 지능을 가지고 있어서 동년배는 상대가 되지 않는 경우였다.

민혁의 신체 조건은 143㎝에 38㎏.

한국보다 평균 신장이 작은 일본에서는 평균보다 4㎝ 정도 컸지만, 그래도 동년배들을 뛰어넘는 수준이라고 하기엔 부족함이 있었다. 그런 말을 들으려면 적어도 10㎝는 크고 6~7㎏은 더 나가야 했으니 말이다.

다시 말해, 민혁은 피지컬로 상대를 압도하는 게 아니라 기술과 지능으로 상대를 압도하고 있다는 이야기였다.

'이런 놈들이 제대로 크지.'

모아시르는 결심을 굳혔다. 미래를 생각해서라도 민혁을 제대로 키워보자는 생각이었다.

명선수가 되는 데엔 실패했지만, 월드 클래스를 키워낸 코치라는 소리는 들어봐야겠다는 야망의 발로였다.

"일단 돌아가라. 훈련 끝나고 따로 보자."

"네."

모아시르는 민혁을 돌려보낸 후 간단한 개인기 시범을 보이고 지도를 끝냈다. 그리고 구석에 마련된 벤치에 앉아 훈련이 끝나길 기다렸는데, 평소 시범을 보인 후 돌아가던 것과는 전혀 다른 태도였다.

축구부 감독 미야모토 히로시는 그를 한 번 바라본 후 어깨를 으쓱였다. 아무래도 한국에서 온 민혁에게 용건이 있는 것 같았지만 자신이 상관할 문제는 아니었다.

'가늘고 길게, 가늘고 길게…….'

그는 자신의 신조를 몇 차례 읊고는 남은 훈련을 끝내고 교무실로 돌아갔고, 모아시르는 민혁을 불러 간단한 이야기를 나눈 후 구단으로 돌아갔다. 차후 구단에서 별도의 클럽을 만들면 그곳으로 오라는 내용이었다.

'벌써 시작하나?'

민혁은 고개를 갸웃했다.

현재 나고야 그램퍼스가 직접 관리하는 유소년 팀은 15세 이하 팀과 18세 이하 팀이 전부였다. 아직 12세 이하 유소년 팀은 인근 학교들을 후원하는 식으로 진행되고 있었고, 그 단계를 넘어 관계를 맺은 학교와 인근에 있는 개인 클럽의 엘리트들을 모아 독립된 유스를 갖추는 건 90년대 후반이 되어서라고 기억하고 있었기 때문이었다.

하지만 민혁에게 나쁜 일은 아니었다. 어차피 일본에 오래 있을 생각은 없지만, 그래도 좀 더 수준 높은 선수들과 훈련을 하는 게 성장에 도움이 되니 말이다.

생각을 끝낸 그는 고개를 끄덕이며 축구화를 벗고 운동화를 신었다. 일단 숙소로 돌아가 씻고 늘어지게 잠이나 자야겠단 생각이 머릿속에 가득 차 있었다.

그때, 질투심 가득한 눈빛을 띤 꼬마가 그의 앞을 막아서며 입을 열었다.

"야! 조선 놈!"

*　　　*　　　*

"뭐라는 거야."

민혁은 귀를 후볐다. 한국 놈도 아니고 조선 놈이라고 하는데 말이나 행동이 곱게 나올 리 없었다.

그를 막아선 꼬마는 입을 쩍 벌리고 그를 보다 이를 갈며 말했다.

"너 말이야, 너!"

"난 한국인이지 조선인이 아니거든? 그건 조선민주주의 인민공화국 사람한테나 써야 되는 말 아니냐?"

"내가 조선인이라면 조선인인 거야!"

민혁은 어이가 없다는 표정으로 또 한 번 귀를 후비고 입을 열었다.

"어디서 이상한 게 나와 가지고는."

"뭐?"

민혁은 중지를 들어 올렸다. 남에게 폐를 끼치는 걸 싫어한다는 일본인들이지만 저런 놈들도 종종 끼어 있었다. 정말이지 한심한 놈들이었다.

하기야 이런 애가 있는 것도 이상하진 않았다. 모든 일본인이 친절을 미덕으로 살아왔다면 왜구의 침략이나 한일 합방 같은 불상사도 없지 않았겠는가.

"하……."

민혁을 막아선 꼬마는 고개를 살짝 돌리며 어이가 없다는 표정을 지었다. 그리 오래 산 건 아니지만 이런 대접을 받아보긴 처음이었다.

그가 그러거나 말거나, 민혁은 귀찮다는 표정을 얼굴에 띤 채 입을 열었다.

"네가 누군진 모르겠는데, 난 너 같은 놈하고……."

"모리사키. 모리사키 겐조다."

"모리사키고 오리 새끼고 간에 할 말 없다니까."

"오리세키(おりせき)? 그게 뭐야?"

민혁은 무심코 설명을 하려다 고개를 저었다. 내가 왜 그런 수고를 해야 하나 싶어서였다.

"귀찮으니까 그냥 가라."

"뭐?"

"앞으로 1년 반만 있다가 갈 거니까 귀찮게 하지 말고 가만히 있으라고."

모리사키는 민혁의 대응에 울컥해 버렸다.

그는 민혁이 나타나기 전까지 오이마츠 축구부 4학년의 에이스로 불렸다. 동년배보다 12㎝나 크고 7㎏나 무거운 신체와 50m를 8초 7에 달리는 속도를 가지고 있던 덕분이었다.

민혁과 모리사키가 속한 4학년의 평균 기록이 10초 2라는 걸 감안하면 피지컬 괴물이라 불려도 무방할 수준이었는데, 모리사키는 이 피지컬을 적극적으로 활용해 나고야 제일의 유망주로 꼽히고 있었다. 어쩌면 서일본 최고의 84년생 유망주일지도 모른다는 소리까지 들을 정도로 말이다.

하지만 민혁이 등장하면서, 모리사키의 위상은 한풀 꺾였다.

민혁의 피지컬은 평범을 약간 넘는 수준에 불과했다. 운동부 기준으로는 완벽한 평범 그 자체였고 속도도 별로 빠르지 않았다. 50m 달리기도 9초 6에 불과한 데다 20m 전력 질주도 모리사키 자신보다 서너 걸음 정도는 뒤쳐질 정도였다.

그러나 실제 경기에선 이야기가 달랐다.

민혁은 상대적으로 느린 속도에도 불구하고 모리사키를 가볍게 상회하고 있었다. 공이 없을 때의 속도는 모리사키 자신이 빠른데 공이 있을 때의 속도는 별반 차이가 없었고, 좁은 공간에서의 정교함을 따지면 얼굴이 붉어질 지경이었다.

아직 모리사키가 오이마츠 축구부 4학년의 에이스로 불리는 건 일본인이기 때문.

모리사키 자신도 그걸 모를 리 없었고, 그것은 그의 자존심을 완전히 꺾어놓았다.

그러던 차에 그램퍼스에서 온 코치가 그가 아닌 민혁에게 관심을 두는 게 아닌가.

"멀리서 온 조선 놈이 불쌍해서 코치들이 관심을 주는 것도 모르고……."

"알아. 아니까 귀찮게 하지 말고 저리 가라. 응? 내가 이 나이 먹고 너 같은 꼬마랑 실랑이해야겠냐?"

"뭐, 이 나이 먹고?"

"아… 일단 동갑이었지."

민혁은 고개를 주억거렸다. 정신연령은 차이가 컸지만 호적상 나이는 다를 게 없음을 그제야 인식한 것이다.

'몇 달이나 지났는데도 아직 완전히 적응이 안 되네.'

그는 귀찮다는 듯이 머리를 긁적였다. 그냥 무시하고 가기도 애매해진 상황이 된 게 아닌가.

"그래서 원하는 게 뭔데?"

"잘난 척하지 말라는 거다!"

"…너 나랑 대화하는 거 처음 아니냐? 근데 내가 잘난 척을 했는지 아닌지 어떻게 알아?"

모리사키는 할 말을 잃고 머뭇거렸다. 그러자 그의 뒤편에 있던 아이가 그에게 다가가 귓속말을 건넸고, 모리사키는 갑자기 표정이 밝아지며 신난 듯 말했다.

"그래! 태도가 건방지다고!"

"그냥 네가 못하는 거겠지."

민혁은 한심하다는 시선을 보내며 발끝으로 공을 띄워 툭툭 차올렸다.

무시당했다고 생각한 모리사키가 민혁을 향해 씩씩대며 다가올 때, 민혁은 발끝으로 공을 가볍게 밀어 그의 앞에 떨어뜨렸다.

"뭐, 뭐야!"

"그것도 못 받냐?"

"뭐?"

"패스잖아, 패스. 그 간단한 것도 못 받으면서 뭐 그리 말이 많아?"

모리사키는 울컥했다. 게임과 운동을 못한다는 말을 들으면 분노하게 되는 건 만국 공통인 모양이었다.

"갑자기 차니까 못 받은 거야!"

"아, 그러니까 말을 하고 보냈으면 당연히 받았다?"

"당연하지!"

민혁은 웃었다. 이런 도발에 걸리는 걸 보니 애는 애였다.

"그래? 그럼 내기해 볼래?"

"뭐?"

"이거. 누가 더 많이 하나."

민혁은 굴러온 공을 띄워 발끝으로 차올렸다. 리프팅 시합을 하자는 이야기였다.

모리사키는 움찔했다. 피지컬을 기본으로 하는 스타일의 모리사키로서는 리프팅에 별로 자신이 없었다. 프리킥이나 페널티킥이라면 모르겠지만, 리프팅이라면 피하고 싶은 심정이었다.

그걸 느낀 민혁은 손가락 두 개를 들어 보이며 입을 열었다.

"대신, 내가 제안한 거니까 페널티 먹고 할 게."

"페널티? 그게 뭐야?"

"아, 영어 잘 모르겠구나."

모리사키는 또 한 번 울컥했다. 이번엔 정말로 잘난 척하는 느낌이었다.

민혁은 피식 웃으며 말했다.

"그러니까, 네가 10개를 하면 내가 20개를, 네가 20개를 하면 내가 40개를 넘겨야 내가 이기는 걸로 하자는 소리야."

"내가 30개 하면 넌 60개 하고?"

"그래."

"좋아."

모리사키는 손을 내밀었다. 먼저 할 테니 공을 달라는 뜻이었다.

민혁은 공을 건네고 입을 열었다.

"빰 100대 어때?"

"뭐?"

"그냥 하면 재미가 없으니까, 빰 100대 걸고 하자고."

거절하려던 모리사키는 쏟아지는 시선에 입을 닫았다. 흥미진진한 모습으로 자신과 민혁을 바라보는 축구부원들의 눈빛은 꽤나 강했고, 그런 시선들은 모리사키를 구석으로 몰아넣었다. 페널티까지 안고 하겠다는데 피할 수는 없었다.

"조, 좋아. 빰 100대."

"시작해."

민혁은 공을 건넸고, 그걸 받아 리프팅을 하던 모리사키는 열두 번 만에 공을 떨어뜨렸다. 소학교 축구부치고는 나쁘지 않은 성적이었다.

"넌 24개 해야 돼."

"알아."

민혁은 피식 웃고는 공을 받아 리프팅을 시작했다.

리프팅은 금세 열 개를 넘어 스무 개를 향했다. 하지만 어딘지 모르게 위태위태해 보이는 동작에 모리사키를 비롯한 축구부원들은 숨을 삼키고 민혁의 발끝에 집중했다.

그리고 그 숫자가 스물넷을 넘어가는 순간.

민혁은 굉장히 안정적인 자세로 여섯 개를 더 해 30개를 채운 후 공을 내려놓았다. 마음만 먹는다면 한참을 더 할 수 있음을 보여주는 마무리였다.

"30개."

"……."

민혁은 사색이 된 모리사키를 바라보며 입을 열었다.

"대."

*　　　*　　　*

1995년 4월 15일.

오이마츠 소학교 축구부의 미야모토 히로시는 담배를 입에 물고 눈을 감았다. 이러면 혹시 바르셀로나의 감독인 요한 크루이프를 닮았다는 소리를 듣지 않을까 하는 헛된 기대 때문이었다.

그러던 그는 물고 있던 담배를 떼어내고 연기를 뿜어내며 눈을 감았다.

'이걸 어쩐다.'

고민하던 그는 점수가 적힌 판넬을 힐끗 보았다.

[오이마츠 0 — 3 오미야]

판넬은 그를 슬프게 했다.

올해 오이마츠의 6학년은 작년에 비해 수준이 떨어졌다. 그래도 작년엔 현(縣) 대회에서 4강까지 올랐던 오이마츠지만, 올해 6학년이 된 부원들은 작년에 백업으로 뛰지도 못했던 애들이었다. 올해엔 좋은 성적을 낼 수 없으리란 이야기나 다름없었다.

반면, 작년 현 대회 예선에서 탈락한 오미야는 소학교 주제에 외국 물을 먹은 감독까지 데려오면서 체질 개선을 이뤄냈다. 거기에 아이치 현은 물론 기후 현과 시즈오카 현에 있는 학생들까지 스카우트를 해 왔다는 이야기도 있었다.

아마 오미야의 교장이 J리그 붐을 타고 인기가 일어난 축구가 고시엔을 넘어서는 인기를 누릴 거라는 이야기를 하면서 밀어붙였다던가…….

'그건 좀 무리일 것 같지만 말이지.'

잠시 고시엔과 J리그 유소년 대회를 비교해 보았던 미야모토 히로시는 어깨를 으쓱했다. 축구가 야구를 따라잡는 일은 20년쯤 후에 찾아오겠지만, J리그 유소년 대회가 고시엔을 따라잡는 건 100년쯤 걸리지 않을까 싶었다.

그런 생각을 하던 그는 출렁이는 골대를 보고는 떼었던 담배를 다시 물었다. 0 대 4가 되는 순간이었다.

"돌겠네."

미야모토 히로시는 앞머리를 쥐어뜯었다.

물론 이 상황을 뒤집을 방법이 없지는 않았다. 지난달에 5학년이 된 민혁과 모리사키 겐조가 경기를 뛰고 있는 6학년들보다 수준이 높기 때문이었다.

하지만 한 가지 걸리는 점은, 한국인이 경기에 나가는 걸 꺼리는 사람들이 있을 거란 부분이었다.

미야모토 히로시는 인종차별과는 거리가 먼 사람이었다. 재일 한국인이나 재일 중국인, 히키아게샤(한국에서 태어나 일본으로 건너온 일본인)나 부라쿠민에 대한 차별에 분노하는 사람은 아니었지만, 그렇다고 해서 그들을 차별할 생각도 없었다.

하지만 경기를 보는 학부모들은 그렇지 않았다. 대놓고 한국인을 차별하는 사람은 없어도 뒷담화를 시도하는 사람은 제법 있었고, 그런 갈등의 여파가 번지는 바람에 잘려 버린 선생도 두어 명 있었다.

미야모토 히로시는 평범한 남자였다. 정확히는 평범보다 소심남에 가까웠다. 생활신조가 '가늘고 길게'인 것도 바로 그 소심함이 이유였다.

그런 그에게 민혁을 내보낸다는 선택지는 설탕이 함유된 사약과 같았다.

고민하던 그는 옆쪽을 힐끗 보곤 결정을 내렸다. 함께 온 체육부장 다케다의 표정이 점점 나빠지고 있었기 때문이었다.

'그러고 보니…….'

미야모토 히로시는 몸을 떨었다. 오미야 소학교의 체육부장 사토와 오이마츠 소학교의 체육부장 다케다는 나고야 그램퍼스의 전신(前身)인 토요타 자동차 공업 축구부 시절부터 앙숙이었다는 기억이 떠오르고 있어서였다.

그는 혹시 있을지도 모르는 학부모의 압력을 머릿속에서 깨끗이 지워 버렸다. 학부모의 항의는 있을지 없을지 알 수 없지만, 만약 이 경기에서 져버린다면 체육부장 다케다의 분노는 틀림없이 있을 터였다.

부르르 몸을 떤 그는 고개를 돌리며 입을 열었다.

"모리사키, 윤. 몸 풀어."

"저도요?"

민혁은 검지로 자신을 가리켰다. 여기 온 지 얼마 되지도 않았는데 정식 경기에 나가도 되느냐는 질문이었다.

미야모토 히로시는 미간을 좁혔다.

큰맘 먹고 내보내 준다는데 반응이 왜 이 모양인가.

"나가기 싫냐?"

"아뇨."

"그럼 준비해."

민혁은 고개를 갸웃거리면서도 몸을 풀었다. 웬일인지는 모르겠지만 경기에 나갈 수 있다면 그걸로 좋았다.

약 2분 후. 경기가 잠시 중단되며 두 명의 교체가 이루어졌다.

"발목 잡지 마라."

모리사키의 말은 민혁의 어이를 앗아 갔다. 신체 능력만 믿고 2차원적인 축구를 하는 놈이 저런 소리를 하는 게 말이 되는가.

"너나 공 보고 움직여. 지난번처럼 공보다 빨리 달리지 말고."

"으……."

며칠 전의 일이 떠오른 모리사키는 이를 갈며 고개를 돌려 버렸다. 민혁의 드리블에 자극을 받아 개인기를 시도하다 공을 흘려 버린 기억이 떠오른 탓이었다.

그는 인상을 쓰며 감독이 가리킨 곳으로 향했고, 피식 웃은 민혁도 감독이 가리킨 자리로 향했다.

모리사키는 최전방공격수로, 그리고 민혁은 3-2-2 중 중앙 2의 자리로 배치되었다. 8 대 8 축구인 탓에 필드플레이어가 7명밖에 되지 않았던 것이다.

"너 이름이 뭐더라?"

그와 함께 미드필더에 배치된 6학년 선배는 민혁에게 물었다. 몇 달 전 학년이 바뀌면서야 훈련을 같이하게 된 사이라 이름을 모르는 건 당연한 일이었다.

"윤민혁."

"아, 재일?"

"그냥 한국인인데?"

6학년 선배는 고개를 끄덕이며 말했다.

"뭐, 그건 알 바 아니고… 잘해라."

그는 이글거리는 눈으로 상대 팀을 바라보았다. 작년에 예선 탈락을 한 팀에게 4골이나 먹었다는 데 자존심이 몹시 상한 모양이었다.

'이지메 걱정은 안 해도 되겠네.'

민혁은 어깨를 으쓱한 후 경기에 집중했다.

그로부터 3분 후.

공을 받은 민혁이 천천히 움직였다.

* * *

"쟤가 걔야?"

"맞아."

관람석에 있는 금발 머리 남자는 짤막한 감탄사를 흘리며 고개를 끄덕였다. 과연 자랑할 만하다는 생각이 드러난 표정이었다.

민혁은 막 세 명을 제치고 패스를 넣고 있었다. 앞에 있는 수비수의 가랑이 사이를 빠져나간 공은 모리사키의 발에 정확히 닿았고, 모리사키는 공을 강하게 차서 골대에 욱여넣었다.

쓸데없이 힘이 들어간 슛이긴 했지만, 골이 되었으면 그걸로 충분했다.

"흠."

금발 머리 남자는 마르코 슈미트라는 이름을 가진 독일인 코치였다. 그 역시 옆에 앉은 모아시르처럼 선수로 성공하지 못하고 일본으로 건너온 케이스였다. 지금은 나고야가 속한 아이치 현 동쪽에 인접한 시즈오카 현에서 살고 있었는데, 구단과 계약을 맺고 있는 모아시르와는 달리 개인 클럽을 운영하면서 인근 학교와도 교류를 하는 어엿한 사장님이었다.

그는 경기를 좀 더 지켜보았다. 마침 조금 전 어시스트를 기록한 민혁이 칩샷으로 골을 넣는 상황이었다.

"대단한데?"

"그렇지?"

모아시르는 주먹을 불끈 쥐고 말했다. 바로 저 애를 자기가 키워냈다고 외치는 듯한 제스처였다.

마르코 슈미트는 플레이를 좀 더 보다 입을 열었다.

"그래도 우리 애가 좀 더 나은 것 같은데?"

"걔 이름이 뭐랬지?"

"하세베. 하세베 마코토."

마르코 슈미트는 자신이 가르치는 학생의 이름을 말했다. 인접한 시즈오카 현 후지에다 시립 아오지마 히가시 소학교(藤枝市立青島東小學校)의 에이스였다.

"걘 6학년이라며?"

"그래도 84년생이야."

"잰 9월생이야."

마르코 슈미트는 말없이 고개만 끄덕였다. 8개월의 차이가 있다면 누가 더 낫다고 할 수 없었다.

얼마 후, 경기 종료를 알리는 휘슬이 울렸다.

경기는 4 대 3으로 끝났다. 민혁의 투입이 조금만 더 빨랐더라면 충분히 이겼겠지만, 고작 15분밖에 남지 않은 시간으로는 역전이 불가능했다.

'망했다.'

미야모토 히로시는 왼손으로 얼굴을 쓸어내렸다. 금방이라도 체육부장 다케다의 분노가 터질 것만 같아 불안하기 짝이 없었다.

하지만 다케다의 표정은 평온했다. 패배를 했다는 사실이 마음에 들 리 없지만, 15분 남겨놓고 들어간 선수가 경기를 완전히 장악했음에 만족했기 때문이었다.

'사토 자식, 이래선 잘난 체도 못 하겠지.'

그는 히죽 웃으며 상대 팀인 오미야 벤치를 바라보았다.

생각대로, 오미야 소학교의 체육부장 사토는 이겼음에도 표정이 좋지 않았다. 다케다가 마지막에 투입된 두 사람이 1군 멤버라고 주장할 거라 생각했기 때문이었다.

이래서야 아무리 그래도 이긴 건 우리라고 할 수도 없었다. 자신조차도 그렇게 말했다간 추해 보일 것 같다는 생각이 들 정도니 말이다.

"쳇."

사토는 오이마츠 측 벤치를 힐끗 보고는 몸을 돌려 버렸다.

이겼는데 진 것 같은 기분이었다.

다케다는 주먹을 불끈 쥐었고, 미야모토 히로시는 안도의 한숨을 길게 뱉었다. 0 대 0으로 비겼던 2년 전에 한 달 내내 갈굼을 당했던 기억이 남아 있는 그였던지라, 지고도 이렇게 마음을 놓을 수 있다는 게 정말 믿겨지지 않았다.

다케다는 불끈 쥔 주먹을 내리며 말했다.

"미야모토."

"넷!"

"마지막으로 들어간 애 누구야?"

"모리사키랑 윤입니다."

다케다는 살짝 미간을 좁혔다.

"윤? 자이니치야?"

"아… 나고야에 있는 벵거 감독님 추천으로 들어온 한국인입니다."

"됐어. 어차피 키만 큰 놈은 알 바 아니니까. 그러니까 그 모리사키라는 애, 전국 대회 출전 멤버로……."

"저… 작은 애가 윤입니다."

다케다의 표정은 한층 더 찌푸려졌다.

"한국 놈이 뭐 그렇게 작아?"

"평균보단 조금 큽니다. 모리사키가 많이 커서 그렇죠."

"내가 작다면 작은 거야!"

미야모토 히로시는 어깨를 움츠리고 고개를 숙였다. 자칫 잘못했다간 다케다의 화가 폭발해 패배에까지 책임을 물으려 할지도 몰랐다.

"한국인… 한국인이라……."

"불편하시면 다른 학교로 보내겠습니다."

"됐어. 흰 고양이든 검은 고양이든 쥐새끼만 잘 잡으면 되니까."

다케다는 담배를 꺼내 입에 물고 불을 붙였다.

그는 한국인을 별로 좋아하지 않았다. 어린 시절 같이 놀았던 먼 친척이 한국전쟁에 휘말려 목숨을 잃은 것이 이유였다.

공식적으로는 6.25에 일본군은 개입하지 않았지만, 민간인 신분으로 전쟁에 끌려 나가 죽은 일본인이 없지는 않았다. 민간 지원이라는 이름의 차출이었다.

그건 미국의 눈치를 본 일본 정부 때문임을 잘 아는 다케다였지만, 그럼에도 스며드는 적대감까지는 어쩔 수 없었다.

'그래. 북조선 놈이 아니면 됐지.'

다케다는 담배를 옆쪽 벤치에 비벼 끄며 입을 열었다.

"그 윤이라는 놈, 전국 대회 스타팅멤버로 넣어. 그놈만 넣으면 이지메 당할지도 모르니까 아까 그 모리사키라는 놈도 멤버에 넣고."

"그래도 됩니까?"

"아까 경기 못 봤어?"

미야모토 히로시는 학부모들의 항의를 떠올리다 입을 닫았다. 학부모들의 항의가 있을지는 불확실하지만, 민혁을 빼려고 한다면 다케다의 갈굼이 시작될 건 분명한 탓이었다.

그는 조심스럽게 고개를 끄덕였다. 그러자 다케다는 다시 담배를 꺼내 물고는 경기장을 빠져나갔고, 미야모토 히로시는 골치 아픈 일을 맡았다는 표정으로 인상을 쓰다 선수들을 불러 정리를 끝내고는 버스로 향했다.

그를 따라 버스로 향하던 민혁은 자신을 부르는 소리에 고개를 돌렸다.

"헤이, 윤!"

* * *

오이마츠 소학교의 축구부원들을 태운 버스는 민혁을 남겨둔 채 학교로 향했다.

민혁은 떠나는 버스를 보며 입을 열었다. 아무리 모아시르의 요청이라도 학생을 남겨둔 채 버스가 떠날 거라고는 생각을 못 했기 때문이었다.

"용케도 허락해 줬네요?"

"그래도 내가 그램퍼스 코치잖냐."

모아시르는 뻐기듯 말했다. 물론 정식 계약은 아닌 시간제 코치지만 구단과 교류를 맺은 학교에서는 시간제 코치라도 무시할 수 없었다.

때문에 일본인들이 그렇게나 강조하는, '경기를 마친 선수 전원은 같은 버스에 탑승해 같은 시간에 학교로 향한다'라는 원칙의 예외로 인정될 수 있었다.

비록 그로 인해 받게 된 질투 어린 시선은 찝찝했지만.

"근데 무슨 일로 부른 거예요?"

"어. 내 친구가 너 좀 보고 싶다고 해서."

"친구도 있었어요?"

모아시르는 상처 받은 표정을 지었다. 민혁은 피식 웃으며 농담이라 말했고, 그제야 실소를 터뜨린 그는 옆에 있는 금발의 남자를 가리키며 입을 열었다.

"이쪽은 마르코 슈미트라고, 시즈오카에서 클럽을 운영하는 놈이야."

"독일인이에요?"

"응? 어떻게 알았어?"

"슈미트면 독일 쪽 성이잖아요."

모아시르와 마르코는 눈을 살짝 크게 뜨며 민혁을 보았다. 이제 겨우 5학년인 꼬마가 그것까지 알 줄은 몰랐던 모양이었다.

"그런데 왜요? 이적 제의라도 하려고요?"

"오라면 올 거야?"

"미쳤어요?"

민혁은 눈을 동그랗게 뜨고 되물었다. 반쯤 장난으로 물었던 마르코를 민망하게 만드는 반응이었다.

모아시르는 배를 잡고 웃었다.

"웃지 마."

"아니, 웃기잖아."

"웃지 말라고."

마르코는 붉어진 얼굴로 말했다. 하지만 그럴수록 모아시르의 웃음소리는 커져만 갔고, 마르코는 고개를 절레절레 저으며 한숨을 쉬고는 민혁을 바라보며 입을 떼었다.

"말이 나왔으니까 말인데, 생각 있으면 우리 클럽으로 오는 것도 고려해 봐. 내년부터 주빌로 이와타에서 스폰을 해주기로 했거든. 그램퍼스가 그 학교에 해주는 것보다 더 나을걸?"

"주빌로에서요?"

"응."

민혁은 그렇구나 하는 표정을 지었다. 별로 끌리지는 않는다는 이야기였다.

그 기색을 느낀 마르코는 눈썹을 꿈틀했다. 이렇게까지 말하는데 시큰둥한 태도를 보이는 민혁의 모습에 괜한 승부욕이 발동했기 때문이었다.

"이건 아직 비밀인데, 7월에 둥가가 주빌로에 오기로 했어. 우리 클럽에도 가끔 와서 가르쳐 주기로 했고."

"둥가? 그 둥가?"

모아시르는 입을 쩍 벌렸다. 브라질인인 그에게 있어, 현 브라질 대표 팀 주장인 둥가의 위상은 과장 조금 보태서 하나님 바로 아래 등급이었다.

"둥가가 그 둥가 말고 또 있냐?"

"오 마이 갓!"

모아시르는 진짜로 쓰러졌다. 갑자기 밀어닥친 현기증이 원인이었다.

그는 몸을 일으킬 생각도 못 한 채 마르코의 바짓가랑이를 붙잡고 입을 열었다.

"나 둥가 유니폼 한 장만… 아니, 사인 한 장만이라도 좀 받아다 주면 안 되냐?"

"직접 와서 받아."

"아니, 보면 나 쓰러질 것 같아서 그래."

모아시르는 그렇게 말하며 마르코의 바지에서 손을 떼었다. 하지만 아직까지도 '둥가가 일본에 온단 말이야?' 같은 소리를 중얼거리고 있는 걸 볼 때 충격이 가시진 않은 모양이었다.

마르코는 슬쩍 그를 보다 고개를 돌리고 민혁에게 말했다.

"아무튼 말이야, 이번에 주빌로가 돈을 좀 쓸 생각이라더라. 작년에 살바토레 스킬라치를 데려온 것도 그렇고, 7월에 둥가를 데려오는 것도 그렇고 말야. 아무래도 그램퍼스보다는 주빌로에 오는 게 낫지 않겠어? 잘하면 둥가한테 배울 수도 있을 거니까."

민혁은 웃었다. 둥가가 감독으로 전향한 후 어떤 결과를 가져왔는지 잘 아는 그로서는 전혀 끌리지 않는 제안이었다.

"됐어요."

"뭐야? 안 끌려?"

"네."

"왜?"

"둥가는 수비형미드필더잖아요."

"스킬라치는 공격수인데?"

"살바토레 스킬라치는 1990년에 반짝한 거 빼면 평범한 선수 아니에요?"

"그 평범하다는 게 세리에 A 기준이니까 그렇지. 그래도 발롱도르 2위까지 올랐던 선수야."

민혁은 또 한 번 어깨를 으쓱했다. 물론 스킬라치가 1990년 발롱도르 2위에 월드컵 베스트 11과 득점왕에 올랐던 선수긴 하지만, 그 이후로는 누적된 부상을 이기지 못하고 그저 그런 선수가 되었다는 걸 잘 알고 있기 때문이었다.

"그렇게 치면 그램퍼스엔 드라간 스토이코비치가 있거든요?"

"그 사람은 너희들 안 가르치잖아."

"둥가가 확실히 가르쳐 준다는 보장도 없잖아요."

"아니, 우리 클럽에 가끔 와서 가르쳐 주기로 했다니까."

"그 가끔이 어느 정도인데요?"

"아마 한 달에 한 번 아닐까?"

"그럼 별 소용도 없네요."

민혁은 고개를 저었다. 확실한 거절이었다.

마르코는 다시 한번 설득을 시도하려고 입을 뗐지만, 그보다 모아시르의 말이 조금 빨랐다.

"뭐야. 얘보다 더 잘하는 애 있다고 자랑할 땐 언제고."

"네?"

민혁은 눈을 깜박였다. 물론 자신보다 잘하는 사람이 있을 거라고는 생각했지만, 적어도 일본에는 없을 거라고 믿었던 그로서는 눈을 동그랗게 뜨게 되는 이야기였다.

"그게 누군데요?"

"하세베 마코토라고, 시즈오카에서 뛰는 애 있어."

"네? 누구요?"

"하세베 마코토. 알아?"

민혁은 어깨만 으쓱했다. 짐작이 가는 사람이 없지는 않지만, 어떻게 알고 있느냐고 물으면 답할 말이 궁했다.

'설마 동명이인은 아니겠지.'

마코토라는 이름은 흔하지만 하세베라는 성은 그다지 흔하지 않았다. 거기에 1984년 1월생에 축구를 하고 있다면 바로 그 하세베 마코토가 틀림없었다.

'고등학교 가서야 평가가 높아지는 줄 알았는데 아니었나 보네.'

민혁은 하세베 마코토에 대한 정보를 떠올려 보았다.

안타깝게도 독일에 가서는 실패를 거듭했지만, J리그에서는 베스트 11에 꼽힐 만큼 능력을 인정받는 미드필더였다. 거기에 인간성도 좋기로 유명해 그를 싫어하는 사람도 없었고, 독일로 진출한 한국 선수들에게 도움도 많이 준 덕분에 한국인들도 나쁘게 생각하지 않는 사람이었다.

물론 아직은 일어나지 않은 일이지만 말이다.

"근데 우리랑 붙을 일 없잖아요. 현이 다르니까 전국 대회 나가야 붙는 거 아니에요?"

모아시르는 어깨를 으쓱하며 말했다.

"어차피 넌 걔랑 붙을 일 없어. 통합 유스 들어가서 내년 되어야 대회 나갈 거니까."

"아, 그랬죠."

민혁은 성의 없이 말했다. 어차피 내년 7월엔 벵거를 따라 아스날로 갈 예정이니까.

"근데 올해 대회에 나가면 붙는 거 아니에요?"

"그램퍼스에서 허락 안 할걸?"

"그래요?"

민혁은 고개를 갸웃했다. 버스가 떠나기 전에 들은 바로는 이번 전국 대회 출전 멤버에 자신이 포함된다는 내용이 있었기 때문이었다.

'뭐, 알아서 하겠지. 어차피 일본 대회고.'

잠시 고민하던 민혁은 어깨를 으쓱하며 생각을 끝냈다.

*　　　*　　　*

“아, 네. 그러니까 그게… 네. 알겠습니다.”

미야모토 히로시는 웃음을 물었다. 그간 쌓인 마음고생을 한 번에 털어낼 수 있는 기회였다.

그는 두 사람 사이에 끼어서 심각한 고민을 하고 있었다. 오이마츠 소학교의 체육부장인 다케다와 학부모 대표인 야마자키 준타로라는 사람이 그들이었다.

다케다는 축구부의 성적을 위해 민혁을 기용하라는 압력을 넣고 있었고, 야마자키 준타로는 자신의 아들이 민혁에게 밀려 벤치로 가게 된 것을 굉장히 못마땅하게 여겨 학교에 압력을 넣고 있었다. 일본인도 아닌 한국인에게 밀렸다는 건 그의 자존심에 상처를 입히는 사건이었다.

그 두 사람의 상반된 요구는 미야모토 히로시를 괴롭게 했다. 그로서는 다케다와 야마자키 준타로 모두 무시할 수 없는 사람이기 때문이었다.

그러던 사이에 온 전화는 그에게 가뭄 속의 단비나 다름없었다.

“네. 윤은 저희 축구부에서도 차기 에이스로 키우는 녀석입니다만, 그램퍼스에서 요청하시는데 거절할 수야 없죠. 네, 네. 알겠습니다. 그럼 축구부 명단에서 빼도록 하겠습니다.”

전화의 내용은 다음과 같았다. 나고야 그램퍼스에서 새로 만드는 유소년 클럽이 JA 전농배(전국 농업인 협동조합 협찬 대회)와 함께 일본 유소년 2대 대회로 손꼽히는 전 일본 U—12 축구 선수권대회에 참가하게 되었으니, 민혁과 모리사키를 축구부에서 제외하고 그램퍼스 주니어에 합류시켜 달라는 요청이었다.

본래, 그램퍼스 주니어는 내년에 들어서야 그 대회에 참가를 할 예정이었다. 하지만 팀의 간판스타였던 게리 리네커의 이탈로 인해 그램퍼스에 대한 언급이 줄어들자 이슈를 좀 더 끌 만한 이벤트를 고민하게 되었고, 그로 인해 나고야 그램퍼스 주니어의 축구 선수권대회 참가가 급하게 결정된 것이다.

그 결정엔 벵거의 입김이 들어가 있었다. 간간이 민혁의 플레이 영상을 받아 확인한 그는 민혁의 수준을 상당히 높게 평가하고 있었다.

피지컬 문제야 어찌할 수 없지만 기술적인 수준은 최소한 고등학생 레벨이란 평가를 내린 벵거는, 민혁이 있는 그램퍼스 주니어가 긍정적인 결과를 낼 거라고 기대하고 있었다.

그것이, 그램퍼스 주니어의 대회 참가가 빨라진 이유였다.

"걱정 안 하셔도 됩니다. 바로 처리하겠습니다."

통화를 끝낸 미야모토 히로시는 그램퍼스에 전격적으로 협조한다는 명분으로 민혁을 축구부에서 퇴부시켰다. 그야말로 전광석화라는 말이 모자라지 않을 만한 속도였다.

그로부터 이틀 후.

오이마츠 축구부에서 제외된 민혁은 모아시르 밑에서 개인 훈련을 받고 있었다.

'이거 완전 괴물이네.'

모아시르는 혀를 내둘렀다. 집중 코칭을 하려던 자신이 오히려 배우는 느낌이었다.

하지만 민혁도 배운 게 없진 않았다.

정확히는 배웠다기보다 요령을 익히는 데 도움을 받았다는 표현이 조금 더 옳았다. 수비도 제대로 못 하는 초등학생들을 상대로 연습을 하는 것과 모아시르를 상대로 연습을 하는 건 효율이 달랐기 때문이었다.

거기에 한 가지 더.

모아시르는 민혁이 무의식중에 갖게 된 잘못된 버릇을 짚어 주었다. 아무리 발전된 트레이닝 방법을 아는 민혁이라도 자신의 문제들을 찾을 수는 없었다. 거울 앞에서 훈련을 한다면 또 모르겠지만, 축구와 관련된 훈련은 자신의 모습을 확인할 수 없는 필드에서 이루어지기 때문이었다.

덕분에 민혁의 기술은 완성도가 높아져, 이젠 모아시르를 상대로도 절반 가까이 성공을 거두는 수준에 오를 수 있었다.

그것은 방금 전의 크루이프턴으로도 증명되었다.

"괴물 같은 놈."

"네?"

"베베투도 네 나이 땐 그렇게 못 했다."

모아시르는 혀를 내둘렀다. 피지컬만 갖춰진다면 당장 중학생을 넘어 고등학생들과 함께 뛰어도 되지 않을까 하는 생각마저 드는 녀석이었다.

하지만 그 피지컬이 문제였다. 나쁘진 않지만 뛰어나다고 하기는 어려운 수준이라, 이대로라면 프로 레벨에 올라선 그저 그런 선수가 될지도 모른다는 생각이 들었다.

모아시르는 진지한 표정으로 입을 열었다.

"코어근육 많이 길러라. 주법도 좀 익히고."

"그건 13살 넘어가면 시작해야죠. 지금은 짧게 치고 달리는 거랑 기술이 먼저예요."

"누가 그렇게 하라고 했는데?"

민혁은 대답 없이 웃었다. 미래에 유소년 코치 자격증을 따려고 공부를 하면서 얻은 지식이라고 할 수는 없는 일이니 말이다.

"그보다, 그건 어떻게 됐어요?"

"그거?"

"정식 유스 팀으로 대회 나간다는 거요."

민혁은 조금 떨어진 곳에서 훈련하는 오이마츠 축구부를 보며 물었다. 개인 훈련이 기술의 보완이라는 측면에선 나쁠 게 없지만 경기 감각 부분에서는 문제가 컸다.

때문에, 그로서는 새로 만들어진다는 나고야 그램퍼스 주니어 팀에 빨리 합류하기만 바라는 게 당연했다.

"아마 이번 주쯤에 발표될 거야. 다음 주부터 팀 구성하고 대회 준비에 들어간다니까."

"대회가 언젠데요?"

"아마 11월? 지역 예선은 6월인가 7월부터 시작한다던데 자세히는 모르겠다."

"그런데 이렇게 급하게 해도 돼요?"

"대신 다른 거 안 보고 그것만 파겠다는 거지. 급히 만든 팀으로 우승을 하면 파급효과도 클 거 아냐."

그 말은 꽤나 설득력이 있었다. 막 만들어진 팀이 일본에서 가장 권위가 높은 유소년 대회의 타이틀을 따낸다면 꽤나 큰 이슈가 될 게 분명했고, 그것은 모 구단인 그램퍼스의 이미지에도 분명히 도움이 될 터였다.

'원래대로라면 우승을 못 하지만 말야.'

민혁은 가볍게 웃었다.

회귀 전 벵거의 발자취를 따라가다 알게 된 내용에 따르면 1995년 대회 우승 팀은 가시와 레이솔 유스 팀이었고, 나고야 그램퍼스 유스는 2008년이 되어서야 준우승을, 그리고 2009년이 되어야 우승을 했다. 만약 이번 대회에 나가서 우승을 한다면 14년이나 일찍 우승을 하게 된다는 이야기였다.

비록 그 사실을 아는 사람은 자신뿐이겠지만, 민혁에겐 도전할 만한 과제가 생긴 셈이었다.

"뭘 그렇게 웃어?"

"아, 새로 들어갈 팀이 어떨지 기대돼서요."

"뭐… 여기보단 낫겠지."

민혁은 웃으며 고개를 끄덕였다. 단순히 지원을 할 뿐인 학교 축구부와 구단 직속의 유스가 다른 건 너무도 당연했다.

"그래서, 제 포지션은 어디예요?"

"아직 안 정해졌어. 감독이 와서 결정하겠지."

"감독이 누군데요?"

"그램퍼스 코치 중 누군가가 맡겠지. 아니면 은퇴한 선수한테 한 자리 줄 수도 있고."

"그렇겠네요."

민혁은 고개를 끄덕였다. 물론 팀 내부에선 전부 다 내정이 되었겠지만, 시간제 코치에 불과한 모아시르가 그 내용까지 알 리는 없다는 생각이 들어서였다.

"그럼 코치는요?"

"정식 코치는 아직 없어. 시간제 코치 중에서 뽑는다는 이야기는 있던데……."

모아시르는 기대감을 담아 말했다. 단지 흘러나온 이야기에 불과했지만, 아직도 정식 코치를 모집하지 않는 걸 보면 그 이야기의 신빙성은 높아 보였다. 게다가 주니어 팀에 모여들 선수들 입장에서도 그동안 안면을 익혀온 코치와 마주하는 게 더 좋을 게 분명하니, 모아시르의 기대가 충족될 가능성은 높아 보였다.

“선수들은 다 뽑혔어요?”

“응. 이 학교에선 너하고 모리사키라는 애가 뽑혔어.”

“6학년은 없어요?”

민혁은 고개를 갸웃하며 물었다. 주력인 6학년을 놔두고 5학년만 데리고 간다는 게 납득되지 않아서였다.

“걔들은 학교 대표로 대회 나가야 되니까 뺐지.”

“아하…….”

모아시르의 답변은 충분한 대답이 되어주었다. 나고야 그램퍼스에서 독자적인 유스 팀을 만든다 해서 각 학교와 클럽이 없어지는 것은 아니니, 일단 그 각 학교와 클럽이 출전하는 대회는 정상적으로 치를 수 있도록 5학년 위주로 인원을 선발했다는 이야기였다.

그 부분에 대해 생각하던 민혁은 순간 울컥했다. 모아시르의 말에 따르면 모리사키도 그램퍼스 주니어에 뽑힌 게 분명한데, 어째서 자신만 이렇게 빨리 축구부에서 나와야 하는가 싶어서였다.

‘이거 인종차별 아니야?’

정확히 말하면 인종은 아니고 민족 차별이지만, 어쨌거나 기분이 나쁜 건 나쁜 거였다.

“왜?”

“…아뇨. 그냥 잠깐 기분이 나빠져서요.”

"뭐가?"

"축구부에서 너무 빨리 잘린 것 같아서 말이죠. 쟤는 아직 저기서 축구하고 있잖아요."

"그러네."

모아시르는 훈련을 하고 있는 모리사키를 힐끗 보았다. 여전히 피지컬 위주의 축구를 하고 있음이 뚜렷이 드러나는 플레이였다.

"좋게 생각해. 덕분에 나랑 맨투맨으로 훈련했잖아."

"그건 또 그러네요."

민혁은 어깨를 으쓱하고는 바닥에 앉으며 물었다.

"아까 6학년 없다고 했죠?"

"어."

"그럼 5학년이 주력이고, 거기에 4학년 몇 명 섞겠네요?"

"올해는 전부 5학년이야. 일단 테스트를 해보고 내년부터 방침을 확정한다던데?"

"하긴."

답변을 납득한 민혁은 다음 질문을 던졌다. 구성 인원에 대해 아는 게 있느냐는 내용이었다.

"인원은요? 스물셋?"

"나도 잘 몰라. 여기에서 두 명에 조선인 학교에서 한 명 오는 거 말고는 개인이 운영하는 클럽에서 적당히 모집했다는 이야기만 들었으니까."

"조선인 학교요?"

민혁은 떨떠름한 표정을 지었다. 한국에서 다녔던 경신 초등학교의 교장이 소개해 주려던 학교가 그곳이었다.

하지만 그곳은 북한의 지원을 받아 운영되는 조총련계 학교였고, 그것을 알게 된 민혁은 그곳을 거부하고 오이마츠 소학교로 편입한 것이다.

'난 국정원 끌려가서 코렁탕을 먹고 싶진 않은데.'

민혁은 한국이 있는 북서쪽을 바라보았다. 아직 남북이 팽팽히 대치하고 있는 지금은 북한 국적을 가진 사람과 접촉하는 것도 충분히 문제가 될 수 있었다.

특히 얼마 전인 1994년 10월 26일에 최종 판결이 난 남매간첩단이 바로 민혁이 있는 일본에서 일어난 문제였고, 때문에 일본에 있는 한국인들은 최근 한통련(한국민주통일연합)과의 접촉조차도 꺼리고 있었다.

'하긴, 거긴 반국가단체로 지정됐으니까.'

민혁은 어깨를 으쓱했다. 생각해 보면 한통련은 다음 대선 때 대통령이 되는 김대중과 관련이 있다는 이유로 박정희 정권에게 반국가단체로 몰린 곳이니, 지금까지 일본에 있는 한국인들과 접촉이 빈번했던 것이 오히려 이상한 일이었다.

"표정이 왜 그래?"

"아… 한국 정치 사정이 좀 복잡해서요."

"무슨 헛소리야?"

모아시르는 미친놈 보는 시선으로 민혁을 보았다. 겨우 10대 초반에 들어선 놈이 무슨 정치 사정을 이야기하고 있느냐는 듯한 표정이었다.

그러던 그는 바닥에 털썩 앉으며 말했다.

"아무튼 성장기엔 피지컬 위주로 훈련해. 동양인은 피지컬 발달이 늦어서 한번 뒤쳐지면 그걸로 끝이라고. 83년에 청소년 선수권대회 4강에 올라간 한국이 지금 어떤지 보면 알잖아."

"어… 그건 예시로 적합하지 않은데요?"

"응?"

"그거 사실 부정이 좀 개입된 성과라는 이야기가 있어서……."

민혁은 목덜미를 긁었다.

"부정이라니?"

"아프리카랑 똑같죠, 뭐."

"호적이 잘못된 선수들이 있었다?"

"한두 살 정도는 차이가 나는 사람들이 있었다고 하더라고요. 어차피 서류상으로는 정상적이라서 규정에 벗어나는 건 아니지만요."

사실은 그보다 더하다는 소리도 있었다. 1회 대회 출전자가 오히려 서류상 나이가 더 적어진 채로 출전을 했다는 주장까지 있었는데, 그 주장이 사실이라면 20대 중반의 선수가 청소년 대회에 나가서 성적을 올렸다는 이야기였다.

물론 그건 어디까지나 일부의 주장이었다. 하지만 호적상 나이와 실제 나이가 맞지 않는 선수가 있었다는 이야기는 계속해서 나왔고, 민혁도 그럴 가능성은 높다고 생각하고 있었다.

하지만 그건 유럽을 제외한 거의 모든 국가에서 일어나는 일이라 문제를 삼기도 애매했다.

모아시르 역시 같은 의견이었다.

"그거야 어쩔 수 없지. 브라질이나 아르헨티나 같은 곳에서도 그런 애들이 한둘은 섞여 있는데."

"브라질도요?"

"브라질이 좀 넓냐? 거기다 브라질 관공서는 진짜 최악이야. 공무원보다 갱단이 일을 더 열심히 할걸?"

"갱단이야 일한 만큼 버니까 그렇죠."

모아시르는 어깨를 으쓱했다. 맞는 말이긴 하지만 맞장구를 칠 수는 없는 이야기였다.

"아무튼 피지컬 훈련은 13살 되면서 본격적으로 시작하면 돼요. 지금도 제가 그렇게 떨어지는 건 아니잖아요?"

"여기에서야 그렇지."

"네?"

"브라질만 해도 괴물 같은 놈들 많이 있어. 게다가 저기 독일이나 네덜란드 같은 곳 가면 무시무시하지. 지금 네 나이에도 160㎝ 넘는 놈들이 즐비한 게 독일이랑 네덜란드야."

"그건 좀 부럽네요."

민혁은 살짝 흔들렸다. 한국 나이로 12살에 160㎝라면 약속된 위너나 다름없다는 뜻이기 때문이었다.

그러고 보면 회귀 전 신체검사에서 나온 민혁의 스펙은 174㎝에 65㎏이었다. 만약 그때와 똑같은 키를 가지게 된다면 신장으로 인한 장점은 조금도 얻을 수 없다는 이야기였다.

'…조금은 먼저 시작해 볼까?'

위너에 대한 열망은 민혁을 움직였다.

성장판을 약하게 자극해 주는 운동부터 가볍게 시작하면 180㎝까지는 클 수 있을지도 몰랐다. 유전자의 한계가 있으니 그 이상은 좀 힘들겠지만, 영양 상태와 훈련에 따라서는 20㎝까지도 차이가 난다고 했으니 말이다.

"좋아. 이번엔 위너 한번 되어보자."

민혁은 가벼운 근육 트레이닝을 훈련에 추가했다. 무리는 하지 않는 선에서 성장판과 허벅지를 단련시키는 훈련이었다.

그로부터 2주 후.

민혁은 벵거에게 소환되었다.

* * *

"그래. 요즘 훈련은 어떻지?"

"…특별히 할 말은 없는데요?"

"나쁘진 않다는 거구나."

벵거는 가볍게 웃고는 비어 있는 의자를 가리켰다.

민혁은 그가 가리킨 의자에 앉았다. 버블로 돈이 넘쳐나던 시대에 구입한 의자라서인지 낡은 느낌에도 불구하고 상당한 안락함을 제공해 주었다.

"오늘 부른 건 유소년 팀 편성 때문이다."

"네?"

"네 의견을 좀 듣고 싶구나."

민혁은 영문을 모르겠다는 표정을 지었다. 자신의 의견을 들어주는 건 좋은 일이지만, 생각도 못 했던 일이라 당황스러움만 느껴지고 있었다.

"의견요?"

"그래."

"…잘 이해가 안 되는데요."

벵거는 두 장의 서류를 내밀었다. 하나는 그램퍼스 주니어라는 글자가 적혀 있었고, 또 하나는 나고야 그램퍼스 시니어라는 글자가 적혀 있었다.

"이게 뭐죠?"

"둘 중 하나를 고르란 소리다."

민혁은 두 장의 서류를 받아 살폈다. 서류 첫 줄에 적힌 글로 보아 초등부와 중등부란 느낌이었다.

'진짜네.'

민혁은 당황했다. 이건 월반 제안이었다.

"그러니까, 제가 원하면 중등부에 넣어주시겠다는 거죠?"

"일단 네 의견을 듣겠다는 거다. 그대로 해주겠다는 건 아니야."

그 말은 부담을 조금 덜어주었다. 어디까지나 참고 사항에 불과하다면 선택의 압박감을 피할 수 있었다.

"월반은 좀 무리죠. 일단 피지컬이 안 되기도 하고……."

"그리고?"

"일본인도 아닌데 월반을 했다간 보는 눈이 영 좋지 않을걸요."

"그래?"

"네."

민혁은 고개를 갸웃하는 벵거에게 한일 양국의 감정에 대해 간단히 말했다.

처음엔 잘 모르겠다는 표정을 짓던 벵거는 한국인들이 일본인을 보는 시선은 나치 부역자들을 바라보는 프랑스인의 시선과 같고, 일본인이 한국인을 보는 시선은 알제리 이민자들을 보는 프랑스인들의 시선과 같다는 말을 듣고는 눈을 동그랗게 뜨며 설명을 요청했다. 그렇게 복잡한 관계일 거라고는 생각도 못 했던 모양이었다.

"그러니까 그게요……."

민혁은 한일 양국의 과거사에 대해 알려주었고, 설명을 들은 벵거는 혀를 차며 고개를 저었다. 완벽하게 이해할 수 있는 부분은 아니지만 그럭저럭 정리는 되는 느낌이었다.

"그런데 용케도 일본에 올 생각을 했구나."

"저야 전쟁 세대가 아니니까 그런 느낌은 좀 덜하죠. 나치 부역자까지는 아니고, 사이 나쁜 이웃집 가족을 보는 느낌이거든요."

"그래?"

"네."

"일본인들은?"

"일본인들이야 아까 말한 거랑 별로 다를 거 없죠. 프랑스에 있는 알제리 이민자들도 식민지 해방될 때 밀려온 사람들인데 차별받잖아요."

"…그렇구나."

벵거는 살짝 미간을 좁혔다. 알자스-로렌 지방에서 자라온 벵거로서는 바로 와닿는 이야기는 아니지만, AS 모나코에서 감독으로 지낼 때 간접적으로 얻었던 경험이 있어 어느 정도 이해는 할 수 있었다.

고민하던 벵거는 두어 번 고개를 끄덕인 후 입을 열었다.

"사실, 올해엔 그램퍼스 주니어에 소속시키고 내년에 월반을 시킬 생각이었다. 1년 정도 훈련을 하면 피지컬이 갖춰질 테니 말이다."

민혁은 다음 말을 기다렸다. 계획이 바뀌었다는 뉘앙스였기 때문이다.

벵거는 서류를 다시 거둬들인 후 말을 이었다.

"내년에도 그램퍼스 주니어에 있는 게 좋겠구나."

"거긴 언제부터 들어갈 수 있어요?"

"개인 훈련도 슬슬 질리나 보지?"

"네."

대답을 들은 벵거는 웃으며 말했다.

"걱정하지 마라. 바로 내일이니까."

*　　*　　*

"그램퍼스 주니어를 맡게 된 에드슨 로드리게스다. 로드리게스 감독이라고 부르면 된다."

민혁은 앞에 선 남자를 힐끗 보았다. 180㎝를 약간 넘을 듯한 키를 가진 브라질 국적의 젊은 감독이었다.

본래대로라면 브라질로 돌아가 조금 더 뛰다 은퇴를 했을 사람이지만, U-12 팀이 원래보다 조금 더 빨리 만들어지면서 감독이 된 모양이었다.

덕분에 모아시르도 정식 코치로 승격을 했다. 아직도 일본어가 서툰 로드리게스의 통역이나 다름없는 신세지만 말이다.

"나는 너희들에게 세 가지만 부탁을 하려고 한다. 하나는 열심히 뛰라는 거다. 내가 브라질 마링가에서 축구를 시작해 그레미우로 이적했을 때부터 이야기를 하자면……."

"감독님."

"음?"

모아시르는 뭔가 복잡한 손짓을 했고, 뭔가 길게 말을 하려던 로드리게스는 모아시르의 사인을 인식하고는 헛기침을 터뜨리며 입을 닫았다. 겨우 12살도 안 된 아이들에게 일장 연설을 해봐야 역효과라는 걸 그제야 깨달은 것이다.

'나이스.'

민혁은 모아시르가 있는 곳을 보며 엄지를 들어 올렸다. 투 머치 토커(Too much talker)의 자질이 보이는 에드슨 로드리게스의 장연설에서 벗어날 수 있게 해준 것에 고마움까지 느껴질 정도였다.

로드리게스는 헛기침을 끝내고 말을 이었다. 이번엔 짧은 이야기였다.

"우리 목표는 전 일본 U-12 축구 선수권대회다. 그것만 명심하도록."

그는 곧바로 연단에서 내려갔다. 입이 간지러운지 입가를 살살 긁는 모습이었다.

민혁은 확신했다. 로드리게스는 훌륭한 투 머치 토커의 자질이 있었다.

투 머치 토커와의 접촉은 말이 통하는 사이여도 괴롭다. 그건 회귀 전 만난 사장을 통해서 수도 없이 겪어왔던 이야기였다.

하물며 말이 통하지 않는 사이라면, 게다가 피할 수도 없는 사람이 상대라면 어떻겠는가.

민혁은 숨을 길게 내쉬며 다짐했다.

'앞으로 감독은 피해 다녀야겠다.'

하지만 그 다짐은 겨우 일주일 만에 무너져 버렸다.

*　　　*　　　*

민혁은 4—4—2 시스템의 중앙미드필더라는 포지션을 부여받았다. 기술은 뛰어나지만 피지컬적으로 우월하다고까지 하기는 힘든 민혁이었고, 그램퍼스 주니어엔 평균 이상의 피지컬을 가진 공격수가 두 명 있었다. 민혁과 함께 오이마츠 소학교에서 뛰었던 모리사키와 북한 국적을 가진 강영훈, 일본식 이름으로는 마츠다 히로후미라 불리는 소년이었다.

그램퍼스 주니어의 코치진은 그 둘을 주전 포워드로 정했다. 둘 모두 5학년이지만 6학년보다도 체격이 좋은 데다 속도도 빨랐다. 민혁도 속도가 좀 붙어서 50m를 8초 9에 달리게 됐지만, 그 둘은 이미 7초대에 근접한 기록을 가지고 있었기 때문에 내려진 결정이었다.

"근데 둘 다 볼 터치가 엉망이잖아요."

민혁은 살짝 불만을 내비쳤다. 아무리 좋은 패스를 넣어줘도 세 번에 두 번은 날려먹는 모리사키나 두 번 중 한 번을 날려먹는 마츠다에게 볼 배급을 해야 한다는 사실이 못내 못마땅한 까닭이었다.

"그럼 소학교 레벨에서 뭘 바랐는데?"

"그래도 열 번 중에서 여덟 번은 받아야죠. 저도 그 정도는 하잖아요."

"넌 좀 이상한 놈이고."

민혁은 어깨를 으쓱했다. 물론 자신과 일반적인 5학년을 비교하는 건 상대에게 너무 가혹한 일이지만, 그래도 불만이 쌓이는 건 어쩔 수 없었다.

"좀 있으면 훈련 시작하니까 필드에 들어가 있어."

"네네."

민혁은 버릇처럼 하던 리프팅을 끝내고 필드로 향했다.

그는 팀에 제법 잘 녹아 있었다. 처음 며칠 동안은 한국인이라는 이유로 시비를 걸어오는 팀원도 있었지만 실력을 보여주자 그런 시비는 순식간에 사라져 버렸다. 약자에겐 엄격하지만 강자에게는 절대적으로 신뢰를 보내는 일본인들 특유의 문화가 도움이 되는 순간이었다.

물론 그렇지 않은 사람도 있었다. 오이마츠에서 함께 온 모리사키가 바로 그 주인공이었다.

"야! 한국 놈!"

민혁은 미간을 좁힌 채 그를 보았다. 그래도 그나마 조선 놈에서 한국 놈으로 호칭이 바뀌었다는 건 긍정적이었다. 호칭이 바뀐 이유가 같은 팀에 북한 출신의 선수가 있기 때문이라는 게 한심하긴 했지만 말이다.

"뭔데?"

"공격수는 내 거다. 넘보지 마라."

민혁은 어이가 없다는 표정으로 그를 보았다. 그만한 실력이나 갖추고 말을 하면 어이가 없지는 않을 거라는 생각이 머릿속에 가득한 민혁이었다.

하지만 그 생각을 알 리 없는 모리사키는 민혁의 표정을 보고는 흡족한 표정으로 민혁을 지나쳤다. 포워드 자리를 차지한 것을 일종의 승리로 여기는 모양이었다.

'됐다. 애랑 싸워서 뭐 하냐.'

민혁은 고개를 젓고는 볼을 툭툭 차올리며 집중력을 끌어올렸다.

시간에 맞춰 훈련장으로 나온 로드리게스는 22명의 선수를 반으로 갈라 팀을 나눈 후 연습을 시켰다. 모아시르를 비롯한 코치들이 가지고 온 데이터로 선수들의 포지션을 나누긴 했지만, 자신의 눈으로 재검토를 해본 후 재조정을 할 생각이었다.

B팀에 소속된 민혁은 이번에도 중앙미드필더로 배치되었다. 모아시르가 제출한 평가서엔 속도와 몸싸움, 그리고 공중

볼을 제외한 모든 부분이 A+로 기록되어 있었고, 로드리게스는 그 부분을 확인하고 싶었던 것이다.

"이번엔 공격으로 넣어줄 줄 알았는데."

민혁은 살짝 못마땅한 표정을 지었다.

B팀의 포워드는 강영훈과 스즈키 어쩌고 하는 일본인이었다. 그다지 눈여겨볼 만한 선수도 아닌 데다 특색도 없어서 이름까지 기억하고 있지는 못했다.

그러고 보면 B팀 자체가 일종의 백업에 가까워 보였다. 민혁으로서는 자신이 왜 이런 팀에 배치됐는지 이해를 하지 못할 지경이었다.

'설마 나도 백업으로 보는 건 아니겠지?'

민혁은 고개를 돌려 로드리게스를 바라보았다. 하지만 로드리게스는 모아시르를 비롯한 코치들과 이야기를 나누며 무언가를 기록하고 있어 민혁의 시선을 눈치채진 못했다.

그로부터 얼마 후.

주심으로 나선 로드리게스는 휘슬을 입에 물었다. 다른 두 명의 코치는 선심을 맡았고, 모아시르는 아르바이트를 나온 학생과 함께 책상에 앉아 무언가를 기록할 준비를 하고 있었다. 생각보다는 본격적인 훈련이었다.

로드리게스는 공을 가운데 놓고 A팀을 가리켰다. A팀의 선축이란 이야기였다.

그 직후, 휘슬과 함께 연습경기가 시작되었다.

"여기! 여기!"

"패스하라고!"

필드는 금세 소란스러워졌다. 본래 잘 떠들지 않는 일본인들이라지만 이곳의 분위기는 사뭇 달랐다. 어쩌면 나이가 어려 일본 특유의 분위기에 완전히 젖지 않았기 때문일지도 몰랐고, 그게 아니라면 큰 소리로 떠드는 강영훈의 영향으로 인해 촉발된 소란일 가능성도 있었다.

하지만 그 이유는 하나도 중요하지 않았다.

적어도 민혁에게는.

'귀찮네.'

민혁은 끈질기게 따라붙는 A팀의 미드필더를 가뿐히 제쳐내며 골문으로 달렸다. 그리 빠른 속도는 아니지만 수비를 제치기엔 부족하지 않았다. 수준급에 달한 컨트롤과 페이크 동작 덕분이었다.

"여기!"

민혁은 슬쩍 정면을 본 후 왼발로 공을 띄워 페널티박스 안으로 보냈다. 체격 우위에 선 강영훈이 공을 따낼 수 있으리란 생각 때문이었다.

그 생각은 들어맞았다. 하지만 한 가지 놓친 점이 있었는데, 점프 후 공을 터치하는 것과 공을 따내는 건 전혀 다른 부분이란 점이었다.

"……."

민혁은 골대 너머로 날아간 공을 보고 고개를 저었다.

물론 헤딩 연습을 거의 하지 않은 아이들이니 만큼 타점을 정확히 맞추는 건 힘들겠지만, 아무리 그래도 노마크 찬스나 다름없는 상황에서 저럴 줄이야…….

"그냥 내가 해야겠네."

민혁은 어깨를 으쓱하며 자기 측 진영으로 돌아갔다.

*　　　*　　　*

경기는 그럭저럭 균형을 이뤘다. 민혁을 제외한 나머지 스쿼드는 A팀이 좋았지만 그 차이는 크지 않았고, 민혁의 활약은 그 차이를 메우고도 남을 정도로 레벨이 높았다.

민혁은 2 대 1 패스를 시도해 두 명의 수비를 간단히 따돌린 후 왼쪽 사이드로 짧은 패스를 보내고 페널티박스로 빠르게 달렸다. 이번에도 2 대 1 패스를 통한 침투 시도였다.

하지만 공은 오지 않았다. 측면에서 공을 받은 윙은 상대의 수비에 막혀 공을 뒤로 돌려 버렸고, 공을 받은 센터백은 그 공을 그대로 키퍼에게 전달했다. 침투를 노렸던 민혁으로서는 힘이 빠지는 움직임이었다.

그런 상황은 몇 번이나 계속되었다. 회귀 전의 민혁이 그렇게나 비웃어대던 일본 축구의 모습 그대로였다.

'아니… 이거 도대체 뭐야…….'

민혁은 고개를 저었다. 도대체 뭘 어떻게 하길래 이런 축구가 나오는지 의심까지 들게 될 지경이었다.

분명 지금은 일본이 브라질식의 축구를 시도하고 있을 시기일 텐데, 어째서 이런 상황이 나오고 있느냔 말이다.

"윤!"

"응?"

정신 줄을 놓고 있던 민혁은 간신히 공을 받고 앞을 보았다.

A팀 선수들은 어느새 민혁에게 바짝 붙어 있었다. 그동안 몇 번이나 돌파를 허용한 탓인지 이번엔 반드시 막겠다는 의지가 떠오른 얼굴을 하고 있었다. 그래 봐야 열 번에 여덟 번은 돌파가 되는 수준이지만, 저런 표정을 짓고 있는 상대라면 반칙을 해서라도 막으려 할 가능성이 높았다.

민혁은 한숨을 내쉬며 천천히 앞으로 향했다.

그는 공을 받자마자 짧은 드리블로 상대 진영을 헤집었다. 그래도 2~3년 동안 축구를 배운 아이들이라 그런지 민혁을 끝까지 쫓으려는 시도는 계속됐지만, 민혁은 그들의 관성을 이용한 짧은 드리블로 수비를 제쳐내고는 페널티박스 안으로 향했다.

순식간에 두 명이 돌파당하는 걸 본 센터백은 발을 쭉 뻗어 공을 쳐내려 했다. 수비로서는 하지 말아야 할 행동이지만, 수비수로서의 교육을 제대로 받지 못한 탓에 나온 반응이었다.

민혁은 짧은 터치에 이은 유려한 동작으로 센터백을 제쳐내고는 반 바퀴 돌아서며 슛을 날렸다.

A팀의 골키퍼는 손을 쭉 뻗어 민혁의 슛을 쳐냈다. 수비를 피한 건 좋지만 시간을 끄는 바람에 골키퍼가 반응할 여유를 줘버린 셈이었다.

공이 밖으로 나가자, 로드리게스는 휘슬을 불어 경기를 잠시 멈춘 후 민혁에게 다가와 입을 열었다.

"헤이, 윤. o toque e muito importante. Mas isto nao e tudo. Porque……(터치는 매우 중요해. 하지만 그게 전부는 아니야. 그러니까…….)."

흥분한 로드리게스는 모국어(포르투갈어)로 마구 떠들어댔다. 당연히 알아들을 수 없는 민혁은 흥분해 떠드는 그를 멍청히 보기만 했다. 도대체 무슨 말을 하는지 알아는 들어야 반박이든 동의든 할 게 아닌가.

"네?"

"acao e…(행동은…) Merda(망할)! 모아시르! 모아시르 코치!"

로드리게스는 자신의 실책을 느끼고는 모아시르를 불렀다.

모아시르는 펜을 놓고 다가왔고, 답답했던 민혁은 그에게 물었다.

"뭐라는 거예요?"

"어, 그러니까……."

모아시르는 로드리게스를 슬쩍 보았다. 기록을 하느라 내용을 못 들었으니 다시 한번 이야기를 해달라는 제스처였다.

로드리게스는 한숨을 내쉰 후 조금 전의 이야기를 다시 꺼냈다. 물론 포르투갈어였다.

모아시르는 그의 말을 일본어로 번역해 들려주었다.

"터치는 중요하지만 그게 전부는 아니다. 조금 투박하더라도 타이밍을 잘 잡는 게 완벽을 기하는 것보다 좋다는 거야."

"아, 무슨 말인지 이해했어요."

민혁은 고개를 끄덕였다. 자신이 생각하기에도 조금 전의 슛은 타이밍이 조금 늦어 있었다. 수비를 제쳐내고 완벽한 기회를 만들려 한 것까진 좋았지만, 그 대신 반박자 빠르게 슛을 날렸더라면 골키퍼가 반응하기 어려웠을 터였다.

물론 수비에게 막혔을 가능성도 있지만 말이다.

'둘 다 잡는 방법이 있긴 할 텐데.'

민혁은 조금 전의 상황을 머릿속에 담아보았다. 최적의 위치를 찾는 데 실패한 느낌이었다.

로드리게스는 잠시 시합을 중단시키고 민혁이 돌파를 시작한 지점에 공을 놓고는 입을 열었다.

"수비!"

로드리게스는 라인 밖에 서 있는 코치들을 불러 세웠다. 민혁이 처했던 상황을 자신이 재현할 생각인 모양이었다.

선심을 보던 코치들은 각각 센터백과 골키퍼의 위치에 섰다. 그러자마자 로드리게스가 드리블을 시작했고, 민혁이 보인 움직임을 거의 그대로 재현하며 슛 자세를 취했다.

하지만 그 후의 행동은 민혁과 달랐다. 수비 역할을 하는 코치가 발을 쭉 뻗는 그 순간, 그를 제치는 선택지 대신 반박자 빠른 슛을 날린 것이다.

"와!"

상황을 지켜본 모두의 입에서 환성이 터졌다. 골키퍼가 반응하지 못하는 타이밍을 찔렀기 때문이었다.

그러나 로드리게스의 슛은 골대를 맞고 튕겨 나갔다. 환성을 질렀던 모두를 벙찌게 만드는 광경이었다.

"…Ha dias assim(이런 날도 있는 거지)."

로드리게스는 어깨를 으쓱하며 몸을 돌렸다. 태연한 척하고는 있지만 상당히 동요한 것 같은 모습이었다.

민혁은 피식 웃고는 튕겨 나간 공을 잡아 오른쪽 코너로 향했다.

"코너킥 가면 되죠?"

"응? 아, 그래."

로드리게스는 다행이라는 표정으로 휘슬을 불어 경기를 재개했다. 이 뻘쭘한 상황을 벗어날 수 있다면 무엇이든 좋았다.

민혁은 공을 짧게 돌렸다. 공중볼 경합을 생각하던 A팀은 당황하며 공을 뺏으러 달려들었고, 민혁은 공을 받은 동료에게 손짓을 보내 공을 돌려받고는 그대로 크로스를 날렸다.

크로스는 높았다. 러닝 크로스(Running Cross)인 탓에 컨트롤에 실패한 까닭이었다.

"쳇."

민혁은 역습에 나선 A팀을 쫓아 달렸다.

"흠……."

로드리게스는 민혁의 움직임을 보다 못마땅한 표정으로 입을 열었다.

"움직임이 너무 좋아."

"네?"

"저 애… 너무 기술의 완성도에 집착하는 경향이 있는 것 같군."

로드리게스의 지적은 정확했다. 회귀 전 많은 경기와 하이라이트 장면을 머릿속에 넣고 있던 민혁은 그 움직임을 아직도 기억하고 있었고, 그 움직임들에 맞춰 자신의 몸을 컨트롤하는 경향이 있었다.

물론 완벽한 동작을 취하는 건 권장할 만한 일이지만, 지금으로서는 한 가지 문제가 있었다.

"저래 봐야 성장기에 훌쩍 커버리면 오히려 어정쩡한 수준이 될 텐데."

로드리게스는 턱을 어루만지며 말했다. 한 가지 리듬에 익숙해질 경우 발생할 수 있는 문제 때문이었다.

그런 사례는 드물지 않게 찾을 수 있었다.

물론 민혁이 회귀하기 전을 기준으로 삼아야겠지만, 맨유와 아스날에서 활약한 대니 웰벡은 유망주 시절 빠른 속도를 지닌 베르바토프로 꼽혔다. 그건 다른 사람도 아닌 알렉스 퍼거슨의 평가였고, 그 안엔 완벽한 볼 터치와 수준급의 득점력을 가지고 있다는 의미가 포함되어 있었다.

하지만 웰벡의 신체가 급격히 자라면서, 그는 그 평가와 전혀 다른 선수가 되어버렸다. 그동안 익혀왔던 리듬이 커져 버린 신체와 어긋나는 바람에, 소위 말하는 '개발'을 가진 선수가 되어버린 탓이었다.

로드리게스가 우려하는 지점도 바로 그 부분이었다. 오랜 시간 천천히 성장한다면 큰 문제가 되지 않을 수도 있지만, 만약 성장기 6~7년 동안 40㎝ 이상 키가 자라 버리면 문제가 생길 게 뻔했다.

"지금은 자기가 할 수 있는 최대치를 느껴보는 게 좋을 텐데."

"그렇게 말해도 이해를 못 할 겁니다."

모아시르는 어깨를 으쓱했다. 과거에 자신도 한 번 이야기를 했던 적이 있지만, 민혁은 대충 대답하고는 대화를 끝내 버린 기억이 남아 있었다.

"왜 완벽함에 집착을 하는지 모르겠군. 원래 성격이 그런가?"

"그건 아닌 것 같더군요."

모아시르는 다시 한번 어깨를 으쓱했다. 오이마츠 소학교의 교사에게 들은 바에 따르면 민혁은 완벽주의자와는 거리가 멀기 때문이었다.

'축구 빼고는 뭐든지 적당히 한다던데.'

모아시르의 머릿속으로 혹시 축구에 관해서만 완벽주의자인가 싶은 생각이 잠깐 스쳤다. 하지만 이미 부정을 해버린 이상 그 생각을 입에 담기도 어색해, 그는 입을 여는 대신 고개를 돌려 플레이 중인 민혁을 바라보았다.

민혁은 답답함을 느끼고 있었다. 같은 팀이라는 바보들은 리턴패스라는 걸 거의 하지 않았다. 수비와 거리가 떨어진 완벽한 상황에서는 패스가 들어왔지만, 그 외의 상황에선 네 번 중에 한 번 정도만 패스가 돌아왔다.

그나마도 대부분 압박을 이기지 못하고 돌아오는 패스라 영양가가 없었다. 그런 걸 받아봐야 드리블을 하거나 공간으로 찔러 넣는 패스를 할 만한 기회가 나오진 않았다.

그는 고개를 저으며 공을 돌렸다. 이런 상태에서 드리블을 하는 건 체력 낭비였다.

천천히 돌던 공은 A팀 미드필더의 발에 끊겼다. 공을 끊어낸 미드필더는 그대로 전방으로 달리다 측면으로 빠지는 모리사키의 발밑으로 패스를 넣었고, 모리사키는 공을 강하게 때려 골문 안으로 욱여넣었다.

로드리게스는 휘슬을 불었다. 득점 인정이었다.

"하……."

민혁은 고개를 떨구며 한숨을 쉬었다. 도대체 어떻게 저 상황에서 공을 흘릴 수 있는지 이해할 수 없었다.

모리사키는 일부러 다가와 손가락을 들며 말했다.

"한 골이다."

"뭐?"

"난 한 골 넣었다고."

민혁은 울컥했다. 하다 하다 저런 놈한테 도발을 당할 줄이야.

"그래. 한 골 축하해."

"응?"

모리사키는 의아함을 넘어선 흠칫함을 느꼈다. 분해서 이를 악물 거라고 생각했던 민혁이 너무도 담담하게 말하는 모습이 적응되지 않았다.

민혁은 센터서클로 이동해 공을 달라는 손짓을 보냈다.

골대에 들어 있던 공은 골키퍼의 킥을 거쳐 민혁에게 향했다. 공을 받은 그는 필드 중앙에 공을 내려놓은 후, 아직 제대로 된 슛도 하지 못한 강영훈과 스즈키를 번갈아 보며 입을 열었다.

"야. 너희 둘."

"왜?"

민혁은 한숨을 내쉰 후 말했다.

"무조건 달려."

"뭐?"

"어떻게든 패스는 넣어줄 테니까 페널티박스로 무조건 달리라고."

민혁은 그렇게 말한 후 조금 뒤로 향했다. 4—4—2 포메이션의 중앙미드필더 위치였다.

영문을 모르겠다는 표정을 짓던 스즈키는 휘슬 소리를 듣고는 반사적으로 공을 돌렸다. 민혁이 있는 방향이었다.

공을 받은 민혁은 패스 대신 드리블을 택했다. 측면돌파처럼 보이는 움직임이었지만, 사실은 강영훈과 스즈키가 달려갈 시간을 벌기 위한 페이크였다.

다행히 두 사람은 민혁의 지시대로 따르고 있었다. 민혁의 움직임을 보고 어떤 행동을 취할지 예측이 된 모양이었다.

그들이 페널티박스로 들어가는 순간.

일부러 시간을 끌던 민혁은 공을 툭 치고 달려 압박을 벗겨낸 후 크로스에 가까운 패스를 날렸다. 높이가 있는 강영훈의 머리를 노린 중거리 패스였다.

강영훈은 점프 후 공을 따냈다. 하지만 스즈키보다 A팀의 커버가 빨랐고, 강영훈과 스즈키 사이를 가로막아 공을 따낸 A팀의 수비는 가까운 풀백에게 공을 건넸다.

민혁은 그 공을 가로채 달렸다.

역습 이후의 재역습 찬스만큼 완벽한 기회는 좀처럼 없었다. 상대방의 무게중심과 집중력이 앞쪽으로 쏠려 있는 상황이기 때문이다.

그 이야기는 이번에도 완벽히 들어맞았다.

민혁은 휘청이는 수비를 가볍게 제친 후 왼발로 공을 밀어 넣었다. 공은 앞으로 달려 나오려던 골키퍼의 다리 사이로 빠져나가 그물을 흔들었고, 로드리게스는 휘슬을 불어 골을 알렸다.

A팀의 공격으로 재개된 경기는 늦은 탐색전으로 이어졌다. 두 골 모두 역습 상황에서 이루어진 탓에 역습을 극도로 경계하며 볼의 소유권을 유지하는 형태가 지속되었다.

하지만 만난 지 열흘도 되지 않은 사람들의 팀워크가 완벽할 순 없는 일.

강한 패스를 받은 A팀 윙의 터치가 길어지면서 공격권이 바뀌었고, 패스를 받은 민혁은 어시스트를 추가로 기록했다. 왼쪽 측면을 돌파한 후 2 대 1 패스로 페널티박스에 진입, 거기서 컷백으로 넣어준 패스를 강영훈이 밀어 넣은 덕분이었다.

한 번 더 휘슬을 분 로드리게스는 혼잣말처럼 중얼거렸다.

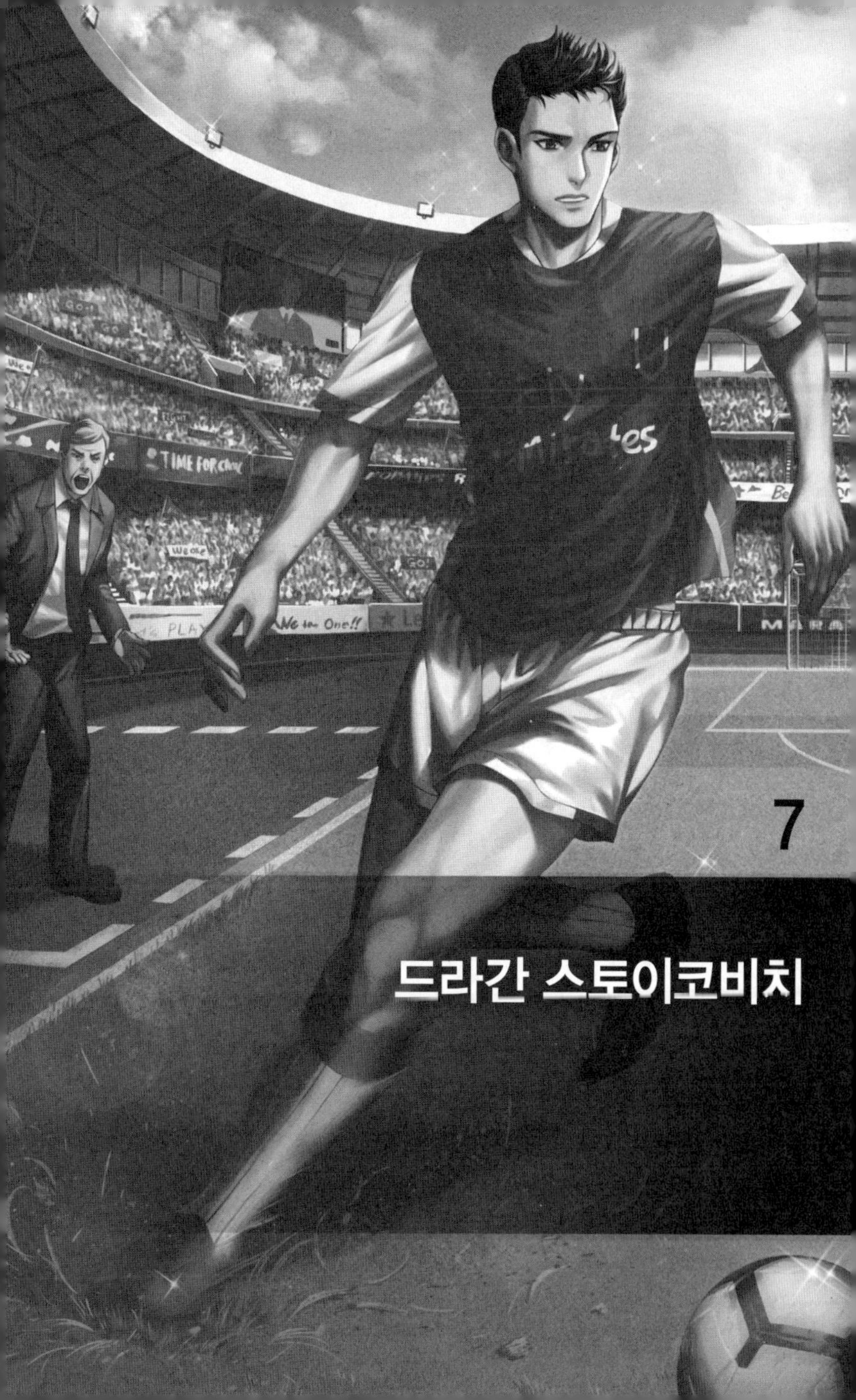
7
드라간 스토이코비치

“속도가 조금만 더 빠르면 공격수로 제격인데 말이야.”

“그건 좀 힘들겠죠.”

모아시르는 담담히 말했다.

100m를 기준으로 할 때, 평범한 사람이 훈련으로 올라갈 수 있는 한계는 12초였다. 물론 그 훈련엔 허벅지와 종아리 근육을 단련하는 훈련법과 주법, 그리고 호흡법이 포함되어 있었다. 다시 말해 모든 것을 완벽하게 훈련하더라도 재능 없이 12초를 넘어서는 건 불가능하다는 이야기였다.

“뭐… 속도야 성장기 지나봐야 아는 거긴 하지만요.”

“그건 그렇지. 근데 모아시르 코치.”

"네?"

"체크는?"

"……."

모아시르는 어색한 표정으로 책상으로 향했다. 다행히 함께 기록을 하던 아르바이트생이 열심히 해준 덕분에 욕을 먹을 상황은 나오지 않을 것 같았다.

기록을 살피던 그는 옆쪽을 보며 물었다.

"볼 터치 46번?"

"네."

모아시르는 목을 슬쩍 긁었다. 아직 전반도 끝나지 않았는데 46번이나 되는 볼 터치를 기록했다는 건 긍정적이라고는 할 수 없었다. 어쩌면 오버 페이스일지도 모른다는 뜻이니 말이다.

다행히 전반은 거기서 종료되었다.

"무리하지 마라."

"네?"

민혁은 기록지를 가져온 모아시르를 올려다보며 입을 열었다.

"딱히 무리 안 했는데요?"

"볼 터치가 너무 많은데?"

"터치가 짧아서 그래요."

보통 볼 터치가 많으면 움직임이 많다고 생각하기 쉽다. 하지만 패스를 돌리는 경우가 많거나, 드리블을 할 때 공을 짧게 치는 경우는 움직임이 적어도 볼 터치 횟수가 많게 나온다. 6~7㎞ 정도만 뛰는 메시의 볼 터치가 바르셀로나에서 상위권인 것도 그런 이유 때문이었다.

"여기서 제가 체력 제일 많이 남았을걸요."

"설마."

"보면 알겠죠."

민혁은 웃었다. 불필요한 움직임을 가장 적게 한 것이 자신이라고 확신하고 있는 표정이었다.

그리고 찾아온 후반전.

민혁은 보란 듯이 세 골을 몰아 넣었다. 속도가 느려 미드필더로 보내야 한다고 생각했던 로드리게스와 민혁이 지쳤을 거라 생각했던 모아시르를 당황하게 만드는 활약이었다.

"그램퍼스가 괴물을 주웠군."

그 말과 동시에 시계를 본 로드리게스는 경기를 끝낸 후 선수들을 불러 기록지를 보여주며 평가를 내렸다. 처음엔 간단한 조언과 순간적인 상황의 재현이었지만, 어째서인지 그 이야기는 자신이 축구를 시작했을 때의 이야기와 자신의 우상인 마리뉴 샤가스의 플레이에 대한 극찬으로 이어지고 있었다.

'아, 미치겠다.'

민혁은 귀를 막고 싶은 충동에 사로잡혔다. 무슨 말이 그리 많은지 벌써부터 귀가 아플 지경이었다.

그가 든 기록지가 겨우 4분의 1도 넘어가지 않은 상태임을 감안한다면, 적어도 지금의 세 배에 달하는 말이 남았다는 이야기였다.

"그러니까 74년 브라질 국가대표팀의 레프트백이었던 마리뉴 샤가스는 오른발잡이라는 약점을 가지고도 남아메리카 베스트 일레븐에… 쿨럭."

포르투갈어를 일어로 통역하던 모아시르는 목을 붙잡고 마른기침을 뱉었다. 도저히 더는 말할 엄두가 나지 않는다는 표현이었다.

로드리게스는 못마땅한 표정으로 말을 끝냈다. 아쉬움이 가득한 표정이었다.

질린 얼굴로 고개를 젓던 나머지 코치 둘은 재빨리 훈련 종료를 알리고 선수들을 돌려보냈다. 그들로서도 로드리게스의 이야기를 듣는 건 고역이었고, 때문에 상황을 빨리 정리하고 싶었던 것이다.

민혁도 재빨리 자리에서 일어났다. 당장 여기에서 탈출하고 싶다는 생각으로 머릿속이 가득했다.

하지만 그를 붙잡는 목소리가 있었다. 로드리게스였다.

"아, 윤!"

"네?"

민혁은 하얗게 질린 얼굴로 고개를 돌렸다. 그렇게 떠들고도 아직 할 말이 남아 있단 말인가 싶어 공포마저 느끼는 표정이었다.

로드리게스는 윗옷 주머니에서 무언가를 꺼내 건네며 말했다.

"내일 오후 2시다."

*　　　*　　　*

민혁은 콜라를 들고 의자에서 일어섰다. 앞에 앉은 관중이 몸을 일으켰기 때문이었다.

그가 있는 곳은 나고야 시 중심부에서 남동쪽으로 약간 떨어진 미즈호 스타디움이었다. 1941년부터 나고야 그램퍼스의 홈구장으로 사용되고 있는 경기장이다.

그가 그곳에 있는 이유는 간단했다. 로드리게스가 건네준 무언가가 바로 이 경기의 입장권이었고, 마침 주말을 맞아 할 일이 없던 민혁은 나고야의 에이스이자 발칸의 마라도나로 불리는 드라간 스토이코비치의 플레이를 볼 생각으로 경기장에 들어와 있었다.

하지만 드라간 스토이코비치는 경기장에 없었다. 아마도 컵 대회를 위해 교체 출장 정도로 가닥을 잡은 모양이었다.

'그러고 보니… 그램퍼스가 이번에 컵대회 우승을 하던가?'

민혁은 자리에 앉아 턱을 괴며 생각했다. 그러고 보니 벵거 체제의 나고야가 처음으로 획득하는 트로피가 천황 컵이라는 기억이 남아 있었다.

그램퍼스가 참가하는 2라운드는 며칠 후인 6월 초에 있었다. 게다가 상대하는 팀도 가고시마인가 어딘가에서 올라온 지역의 아마추어 클럽이라 스토이코비치를 아낄 이유는 없지만, 아마도 컨디션 조절을 위해 선발에서 제외한 모양이었다.

자리에 앉은 그의 옆에서, 익숙한 목소리가 흘러들었다.

"감독 옆에 있는 사람이 드라간이지?"

"보면 모르냐?"

민혁은 옆에서 떠드는 두 사람을 보고는 미간을 좁혔다. 그 둘은 모리사키와 강영훈이었다.

그동안 굉장히 사이가 나빠 보였던 둘은 이 경기장에 들어오고 나서부터는 베스트 프랜드라고 해도 믿을 만한 사이로 바뀌어 있었다. 둘 모두 민혁에게 경쟁심을 느끼고 있다는 공통점에, 나고야 그램퍼스의 광팬이라는 공통점이 겹쳐진 결과였다.

"근데 너흰 왜 여기 있는데?"

둘은 민혁을 슬쩍 보고는 다시 고개를 돌렸다. 어쩐지 무시당하는 기분이었다.

'귀엽네.'

민혁은 실소를 터뜨리며 다시 경기에 집중했다. 마침 스토이코비치가 조끼를 벗고 몸을 풀고 있었다. 아마도 교체로 나설 모양이었다.

'어디, 이 시대의 월드 클래스는 어느 정도인지 감상이나 해볼까.'

민혁은 호기심을 느꼈다.

회귀 전을 기준으로 할 때, 그가 처음으로 본 월드클래스는 2002 월드컵 이후의 호나우딩요였다.

안타깝게도 2002년에 고3이었던 그는 한일 월드컵에서 활약했다던 호나우두의 활약도 보지 못했고, 그 이후 대학에 들어가고 나서야 외계인이라 불렸던 2005년 바르셀로나의 호나우딩요의 플레이를 볼 수 있었다.

하지만 그건 어디까지나 TV를 통해서였다. 경기장에서 실감 나는 플레이를 본 적은 한 번도 없었다. 호나우딩요 이후 세계를 지배했다는 카카와 호날두, 그리고 메시의 플레이도 모두 TV를 통해서였기에, 월드 클래스라 불리는 선수의 경기 장면을 실제로 보는 건 이번이 처음이었다.

그로부터 10분이 지날 무렵.

민혁은 작게나마 충격을 받았다.

'이게 월드 클래스구나.'

그는 전율을 느꼈다. TV를 통해 메시와 호날두의 플레이를 보았을 때와는 전혀 다른 느낌이었다. 아마도 현장감이 더해져 있기 때문인 듯싶었다.

드라간 스토이코비치는 게오르그 하지와 함께 '발칸의 마라도나'라는 별명을 공유하는 이유를 유감없이 보여주었다. 그를 상대하는 선수들이 J 리거라는 점이 약간의 흠집은 될 수 있겠지만, 그걸 고려하더라도 클래스가 다르다는 게 어떤 느낌인지를 망막에 새겨주는 듯한 플레이를 보이고 있었다.

스토이코비치의 플레이는 화려했다. 속도나 드리블 동선은 회귀 전에 보았던 메시보다 떨어졌지만 볼을 관리하는 능력은 메시보다 나은 느낌이었다. 아마도 다리가 길어서 그렇게 보이는 모양이었다.

물론 정말로 메시보다 뛰어나진 않겠지만, 그래도 90년대의 축구 장비가 2010년대의 것보다 수준이 한참 떨어짐을 생각하면 혀를 내두르지 않을 수 없는 플레이였다. 2010년대에 가더라도 한 리그의 에이스로 불릴 수 있을 수준이란 생각이 들었으니 말이다.

'하긴, 이러니까 리그를 씹어 먹지.'

민혁은 그에 대한 평가를 떠올렸다.

현재 J리그를 지배하고 있는 선수가 바로 드라간 스토이코비치였다. 지난 시즌까지 리그를 양분했던 지쿠가 은퇴를 선언한 덕분이기도 했지만, 그가 있을 때도 미묘한 우위를 점할 만큼 수준이 높다는 평가를 받고 있었다.

그나마 피에르 리트바르스키가 대항마 정도로 꼽히곤 했지만, 올해 35살이나 된 그가 30살의 스토이코비치의 적수가 되리라 생각하는 사람은 거의 없었다.

심지어 그의 소속 팀인 제프 유나이티드의 서포터들조차도 말이다.

계속해서 경기를 보던 민혁은 원터치로 어시스트를 기록한 스토이코비치를 보며 입을 벌렸다. 마라도나의 수준에 달하지는 못했다지만, 그래도 마법 같은 플레이라는 점은 부정할 수 없었다.

그리고 하나 더.

민혁은 방금 전의 플레이에서 로드리게스가 티켓을 준 이유를 찾아내었다.

'이래서 보러 오라고 했구나.'

그는 조금 전의 상황을 머릿속에서 되감아 재생해 보았다. 원터치로 이어진 패스와 그에 이은 나고야 9번의 득점이었다.

스토이코비치의 패스는 완벽하지 않았다. 하지만 그 불완전성은 페널티박스로 진입한 동료가 충분히 커버할 수 있을 만큼의 불완전이었다.

완벽한 패스를 주려고 템포를 늦췄다면 수비에게 막혔을 게 분명한 패스.

그러나 완벽을 포기하고 타이밍을 노린 덕에, 그 패스는 승부를 결정짓는 골이 되었다.

관중석은 흥분의 도가니에 사로잡혔다. 약 45,000석의 절반을 채운 관중들은 돌고래가 그려진 그램퍼스의 깃발을 마구 흔들며 골을 넣은 선수의 이름을 연거푸 외쳤다. 간간이 드라간이나 스토이코비치라는 소리가 들리긴 했지만, 그보다는 골을 넣은 선수의 이름이 불리는 빈도가 높았다.

'역시 골을 넣어야 대접을 받는다니까.'

민혁은 회귀 전의 기억을 떠올리고 쓴웃음을 지었다.

2018년. 발롱도르를 수여하는 프랑스 풋볼은 J리그로 떠나는 이니에스타에게 사과를 했다. 그에게 발롱도르를 주지 못해 미안하다는 내용의, 작별 인사를 겸한 칼럼이었다.

하지만 그건 이니에스타를 두 번 죽이는 것이나 다름없었다. 그 상황에서 왜 발롱도르를 자신이 아닌 메시에게 줬느냐며 따질 수도 없는 일이 아닌가.

"이니에스타도 발롱도르 한 번은 받았어야 했는데."

"뭐?"

"너희들한테 한 말 아니거든."

민혁은 짧게 말을 끊고는 경기에 집중했다.

경기는 3 대 1로 끝났다. 물론 나고야 그램퍼스가 승리 팀이었다.

열광적으로 깃발을 휘둘러 대던 그램퍼스 서포터는 거대한 깃발을 둘둘 말아 어깨에 메고 경기장을 나섰다. 거기 맞을까 걱정이 되었던 민혁은 조금 늦게 나갈 생각으로 의자에 앉아 조금 전 보았던 경기를 머릿속에서 천천히 재생시켰다.

사실 그렇게 재미있는 경기는 아니었다. 게다가 리그의 결과도 대충 알고 있는 민혁이라 흥미가 떨어지는 것도 이상하진 않았다. 각각의 경기가 어떤 스코어로 끝나는 것까지는 알 수 없지만, 그래도 이 시즌의 그램퍼스는 J리그 준우승 팀이라는 정보는 머릿속에 들어 있었다.

하지만 소득이 없지는 않았다. 조금 전 얻었던 깨달음, 그러니까 완벽함을 조금 포기하더라도 타이밍을 노리는 것이 훨씬 더 효과적이라는 느낌은 민혁의 머릿속을 파고들었다.

조금 늦더라도 완벽한 기술로 기회를 만드는 것.

그리고 완벽하지 않더라도 조금 빨리 움직여 기회를 만드는 것.

민혁은 지금까지 전자를 선호했다. 회귀 전에 본 바르셀로나 선수들의 플레이에 깊은 감명을 받았기 때문이었다.

그러나 오늘 경기는, 전자에 집착할 필요가 없다는 당연한 깨달음을 주고 있었다.

물론 민혁도 그걸 모르진 않았다. 하지만 어린 시절엔 기술을 완벽하게 구사하는 게 좋다는 생각이 지나친 게 문제였다. 기술 자체가 상대의 타이밍을 뺏기 위한 행동이라는 사실을 놓치고 있었단 이야기였다.

'그래도 완벽한 게 좋긴 하지만.'

민혁은 생각을 정리하며 자리에서 일어났다.

* * *

경기장을 가득 채웠던 관중들은 이제 보이지 않았다. 선수들이 뛰던 그라운드엔 엉망이 된 잔디를 관리하는 아르바이트 요원들의 모습만 보이고 있었다. 원정팀의 선수들은 지금쯤 버스에 올랐을 테고, 홈팀인 그램퍼스의 선수들도 샤워를 끝내고 경기장을 나설 만한 시간이었다.

“아, 근데 진짜 덥네.”

민혁은 가지고 온 부채를 흔들며 하늘을 보았다.

6월. 일본의 여름은 끔찍하단 말이 저절로 나올 더위를 선사하고 있었다. 바다가 가까워 내륙보다 온도가 조금 낮은 나고야지만, 그 반대급부로 사우나나 다름없는 습도가 더해져 실시간으로 삶아지는 느낌도 스며들었다.

‘차라리 사하라사막이 더 시원하겠다.’

투덜대던 민혁은 오래 전 배운 내용을 살짝 떠올려 보았다. 습도가 낮은 사막에서는 그늘에 있으면 더위를 피할 수 있다는 이야기가 떠올랐고, 그것은 습도에 고생하는 그를 한층 더 괴롭게 만들고 있었다.

그는 죽어가는 표정으로 계단을 올랐다. 막상 더위를 자각하자 갑자기 온도가 상승하는 기분이 들었다.

재빨리 그늘로 들어간 민혁은 숨을 뱉었다. 하지만 습도가 높은 탓에 햇빛이 들어오는 곳이나 그늘이나 별다른 차이는 없었다. 그저 피부가 조금 덜 탄다는 것 외에는 말이다.

민혁은 고개를 젓고 지갑을 꺼냈다. 자판기에서 시원한 콜라라도 사야 살 것 같았다.

그가 막 콜라를 꺼내 입에 댄 순간, 익숙한 목소리가 귀를 울렸다.

"헤이! 윤!"

"어? 코치님?"

민혁은 계단 아래에서 나타난 모아시르를 발견하고 고개를 갸웃했다. 그램퍼스 주니어의 코치긴 해도 성인 1군 팀과는 관계가 없는 그가 여기서 나타난 이유를 떠올릴 수 없었기 때문이었다.

"여긴 웬일이에요?"

"경기는 잘 봤냐?"

"그럭저럭요."

민혁은 빈 캔을 쓰레기통에 던져 넣었다. 하지만 아직도 더 위는 가시지 않았다.

"아, 용돈도 이제 별로 없는데."

"하나 사줘?"

"그럼 고맙죠."

모아시르는 실소를 터뜨리며 생수를 뽑아 던졌다.

"콜라 마시지 마. 몸에 안 좋아."

"…모르는 거 아니거든요."

생수를 받아 든 민혁은 뚜껑을 열고 안에 든 물을 벌컥벌컥 들이켰다. 생각보다 탈수가 진행되어 있었는지 380㎖ 병을 반이나 비웠는데도 아무렇지 않았다.

그래도 덕분에 더위는 살짝 가셨다. 적어도 당장 쓰러지지는 않을 느낌이었다.

한결 여유를 찾은 민혁은 나머지 반을 들이켠 후 고개를 돌리고 입을 떼었다.

"근데 여긴 웬일이에요? 경기 보러 왔어요?"

"아니, 감독님 지시."

"예?"

"다 마셨으면 따라와."

고개를 갸웃하며 따라간 민혁은 샤워실에서 나오는 사람을 보곤 입을 벌렸다. 벌써 돌아갔을 거라고 생각하고 있던 드라간 스토이코비치였다.

"응? 모아시르 코치?"

스토이코비치는 무슨 일이냐는 듯한 표정을 지었고, 모아시르는 그에게 다가가 짧은 말을 건넸다. 아마도 민혁에게 말한 감독님 지시와 관련된 내용일 터였다.

이야기를 듣던 스토이코비치는 수건으로 머리를 닦으며 입을 열었다.

"유스?"

곰곰이 생각하던 그는 경기 전 들은 이야기를 기억해 냈다. 유스에 괴물 같은 녀석이 하나 있으니 생각 있다면 한번 가르쳐 보라던 유스 팀 감독의 제안이었다.

"아, 그 꼬마?"

"네."

"완전히 잊고 있었네."

스토이코비치는 웃으며 말했다. 유고 내전을 피해 일본에 정착할 생각으로 J리그에 왔기 때문인지, 그의 일본어에선 어색함이 거의 없었다.

그는 고개를 돌려 민혁에게 물었다.

"그래, 좋아하는 선수가 누구야?"

스토이코비치는 기대를 담은 눈으로 민혁을 보았고, 민혁은 지체 없이 입을 열었다.

"제라드요."

* * *

그런 일이 있은 지 이틀 후.

주니어 팀 훈련을 마친 민혁은 여느 때처럼 개인 훈련을 하고 있었고, 훈련장을 정리하던 모아시르는 문득 떠오르는 기억에 민혁을 보며 말을 걸었다.

"제라드가 누구야?"

"달글리쉬의 후계자요."

"응?"

"포지션은 다르지만 아무튼 있어요."

민혁은 모아시르를 보지도 않은 채 리프팅을 하며 답했다.

물론 제라드가 리버풀 1군으로 데뷔를 하려면 아직 3년이란 시간이 필요했지만, 그래도 민혁으로서는 리버풀의 상징은 제라드라는 생각을 지울 수 없었다.

다른 사람들이 듣는다면 무슨 미친 소리냐고 하겠지만 말이다.

'뭐… 한 20년 있으면 누구나 인정하겠지.'

물론 우승은 못 하겠지만.

그런 생각을 하던 민혁은 이틀 전 만났던 스토이코비치의 모습을 문득 떠올렸다. 그러고 보니 스토이코비치도 우승과는 제법 거리가 있는 선수란 생각이 들어서였다.

그래도 그는 리그 우승 경험이 있긴 있었다. 프로 생활 두 번째 팀인 FK 츠르베나 즈베즈다, 영어로는 레드 스타 베오그라드라고 불리는 팀에서 두 번, 그리고 그다음 팀인 마르세유에서 한 번의 우승을 경험한 것이다.

훗날 아르센 벵거로부터 '베르캄프 이상의 선수'라는 말을 들었던 사람치고는 이상하게도 우승이 적었던 선수지만, 그래도 제라드보다는 훨씬 나았다.

빅리그는 아니었지만 리그 우승 기록도 가지고 있었고, 벤치 신세긴 했지만 챔피언스리그 우승도 경험을 했으니 말이다.

"제라드 진짜 불쌍하네."

"무슨 소릴 하는 거야?"

"그냥 혼잣말이에요."

민혁은 모아시르의 질문을 대충 흘리며 공을 툭툭 치고 달렸다. 이틀 전 경기에서 보았던 스토이코비치의 드리블을 재현해 볼 생각이었다.

그러나 좀처럼 기분이 나지 않았다. 아마도 수비가 없기 때문인 듯싶었다.

어색함에 공을 멈추고 생각에 잠겼던 민혁은 훈련장 문이 열리는 소리에 고개를 돌렸다. 주니어 팀 훈련은 끝난 지 오래였고, 시니어 팀 훈련이 있으려면 한 시간이 더 있어야 했다. 그런데 지금 훈련장에 올 사람이 있나 하는 의문이 드는 순간이었다.

"어라?"

민혁은 당황했다. 안으로 들어온 사람이 너무도 뜻밖인 탓이었다.

'스토이코비치?'

스토이코비치는 훈련복을 갖춰 입고 있었다. 민혁으로서는 고개를 갸웃하게 만드는 모습이었다.

그가 다가오자, 민혁은 공을 위로 차올려 손으로 잡은 후 입을 열었다.

"무슨 일이에요?"

"훈련 좀 보러 왔지."

"주니어 팀 훈련 다 끝났는데요?"

"개인 훈련 한다며?"

스토이코비치는 손을 뻗어 민혁이 든 공을 낚아챘다. 얼떨결에 공을 뺏긴 민혁은 눈을 살짝 찡그리며 그를 보았고, 스토이코비치는 가벼운 리프팅으로 몸을 푼 후 민혁에게 말했다.

"드리블 좀 가르쳐 줄까?"

"네?"

"이런 거."

스토이코비치는 환상적인 드리블을 선보였다. 메시나 이니에스타 같은 드리블러를 보았던 민혁조차도 감탄하게 만드는 볼 터치였다.

무엇보다 공을 땅에 떨어뜨리지 않고 20m 가까이 질주하는 드리블은 메시나 이니에스타도 선보이지 못했던 기술이었고, 그것이 스토이코비치의 전매특허임을 알고 있던 민혁조차도 눈을 크게 뜨며 감탄하기 바빴다.

"어때?"

"그건 배운다고 할 수 있는 게 아닌 것 같은데요."

"쉬워."

스토이코비치는 몇 번 더 시범을 보여준 후 설명을 시작했다.

그가 보여준 드리블은 이론상으론 그렇게 어렵지 않은 기술이었다. 걸으면서 리프팅을 하는 동작을 조금 빨리하면 될 뿐이니 말이다.

하지만 실제로는 전혀 쉽지 않았다. 괜히 스토이코비치의 전매특허로 불린 기술이 아니란 느낌만 드는 상황이었다.

"…어디가 쉽다는 거죠?"

"몇 번 해보면 금방 늘걸? 게다가 이거 효과도 좋아."

"그건 저도 알아요."

민혁은 고개를 저으며 혀를 내둘렀다. 비가 쏟아지는 경기장에서 이 드리블로 수비를 전부 뚫은 스토이코비치의 일화가 머릿속에 떠오르는 한편, 그런 스토이코비치를 상대해야 했던 수비진에 대한 측은함도 스며드는 순간이었다.

몇 번 더 드리블을 시도하던 민혁은 혀를 내두르며 공을 떨어뜨렸다. 한 두어 달 여기에만 집중하면 흉내 정도는 낼 수 있겠지만, 실전에서 쓸 단계까지 연습하려면 년 단위로 걸릴 듯한 기분이었다.

'하긴, 이러니까 전매특허지.'

도저히 안 되겠다는 판단을 내린 민혁은 가볍게 고개를 젓고는 스토이코비치를 보며 말했다.

"다른 건 없어요?"

"다른 거?"

"좀 더 빨리 배워서 쓸 만한 거요."

"흠……."

스토이코비치는 고민에 빠졌다. 보통 조금 전의 드리블을 보여주면 감탄하기 바빠하거나 자신의 추종자가 되는 게 일반적인 반응인데, 어째 민혁의 태도가 심드렁해 보였던 탓이었다.

고민하던 그는 모아시르를 향해 고개를 돌리고 입을 열었다.

"아, 모아시르 코치."

"네?"

"좀 도와줘."

모아시르는 고개를 끄덕인 후 자리에서 일어났다.

'그러고 보니… 말을 참 편하게 하네.'

민혁은 힐끗 둘을 보았다. 스토이코비치가 모아시르보다 한두 살 많아 보이긴 했지만 말이 너무 편한 느낌이었다.

"코치님."

"왜?"

"둘이 친해요?"

"친하다고 하긴 그런데 안 친하다고 하기도 애매하지."

민혁은 그 애매한 답변에 미간을 좁혔다.

"무슨 소리예요?"

"저쪽이야 세계적인 스타잖아. 나 같은 사람이 친해지기 쉽나."

"말 되게 편하게 하잖아요."

"그거야 나보다 나이가 많으니까."

민혁은 대충 납득했단 표정을 지었다. 스토이코비치는 모아시르와 친해지고 싶어 하는데, 모아시르는 스토이코비치의 명성에 눌려서 친해질 엄두도 내지 못하는 모양이었다.

하기야 양쪽 입장 모두 이해는 됐다. 스토이코비치는 같은 외국인이니 친하게 지내면 좋겠다고 생각하는 모양이었고, 모아시르는 세리에 B에서나 뛰었던 자신과 1990년 월드컵 베스트 11에 J리그의 지배자인 스토이코비치는 레벨 차이가 너무 크다고 생각하고 있는 것 같았다.

잠깐 그 사이에 끼어들까 하던 민혁은 고개를 저었다. 저런 문제는 둘이서 해결해야 하는 법이다.

그사이 준비를 끝낸 스토이코비치는 모아시르와 함께 2 대 1 패스에 이은 개인기를 선보였다. 그램퍼스 주니어 측에서 사용하던 폴대 사이로 공만 통과시켰다 받는 움직임이었는데, 민혁은 그 정교한 패스와 드리블을 보고는 왠지 기가 죽는 느낌을 받았다. 자신도 하려면 할 수는 있는 동작이지만 속도의 차이가 컸던 것이다.

'저걸 저 속도로 하네…….'

민혁은 속으로 감탄했다. 하기야 저 정도는 해야 월드컵 베스트 11에 '발칸의 마라도나'라는 별명이 붙을 거란 생각도 있었다.

그사이 폴대를 전부 다 통과한 스토이코비치는 30m쯤 떨어진 골대를 향해 슛을 날렸다. 그야말로 대포알 같은 중거리였다.

힘차게 날아간 공은 골망을 흔들었다. 키퍼가 없다고는 하지만 대단한 슛이 아니라고 할 수는 없었다.

뿌듯한 표정으로 골대를 바라본 스토이코비치는 민혁에게 고개를 돌리며 물었다.

"중거리 어때?"

민혁은 두 손을 어깨 높이까지 들어 올렸다. 딱히 꺼낼 만한 감상이 없었던 탓이었다.

반응이 어째 신통치 않음에 기분이 묘해진 스토이코비치는 다시 한번 민혁에게 말을 걸었다.

"왜? 중거리 더 잘 쏘는 사람 봤어?"

"네."

"누군데?"

민혁은 답했다.

"그냥 드리블이나 좀 더 가르쳐 주세요."

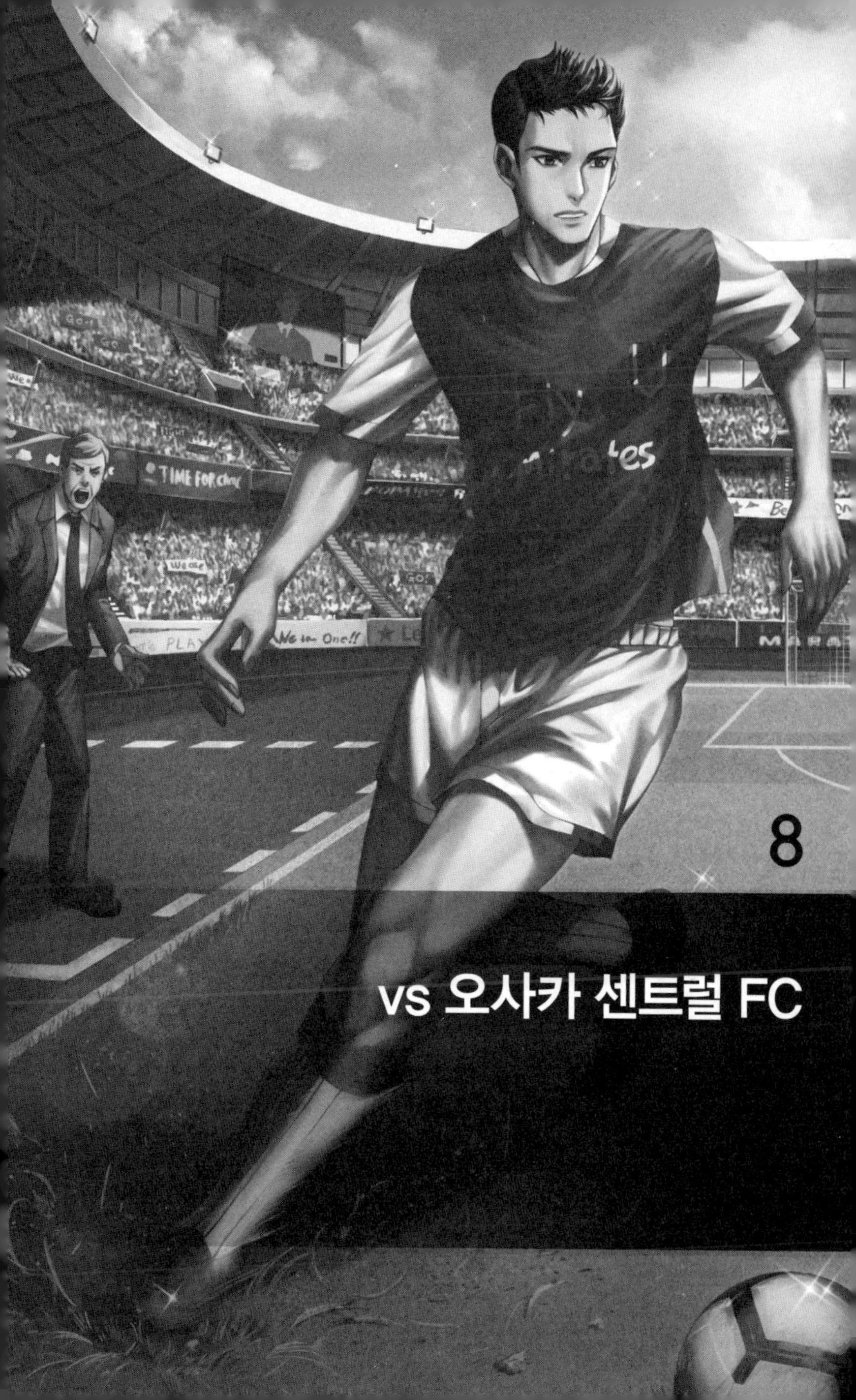

8

vs 오사카 센트럴 FC

스토이코비치와 훈련을 한 다음 날 오후.

민혁은 공중에 차올리던 공을 멈춰 세웠다. 훈련 시간에 맞춰 모습을 보인 로드리게스를 보았기 때문이었다.

로드리게스는 하늘을 슬쩍 보고는 반대편을 향해 손짓했다. 그러자 두 명의 코치가 커다란 아이스박스를 낑낑대며 가져와 뚜껑을 열었다.

거기엔 얼음으로 차갑게 한 스포츠음료가 가득 들어 있었다. 아마도 폭염에 쓰러지는 사람이 나올까 걱정이 되었던 모양이었다.

"하나씩 받아라."

코치들은 그라운드에 앉은 아이들에게 음료수를 하나씩 나눠 주곤 그늘로 걸어가 의자에 앉았다. 그들의 손에도 차가운 음료수가 하나씩 들려 있었다.

로드리게스는 그들을 보지도 않은 채 입을 열었다.

"오늘 훈련은 30분만 한다."

민혁을 비롯한 아이들은 환호했다. 이 더운 날 평소처럼 훈련을 했다간 분명히 쓰러질 거란 위기감에 젖어 있던 탓이었다.

로드리게스는 아이스박스에 남아 있는 음료를 꺼내 한 모금 마신 후 휘슬을 불었다.

훈련은 기본적인 부분만 이루어졌다. 간단한 볼 트래핑과 패스, 그리고 15개의 콘 사이를 지그재그로 지나쳐 간 후 돌아오는 드리블 연습이었다.

평소대로라면 15분에서 20분 사이에 끝났을 연습이다. 하지만 오늘은 30분을 거의 채우고야 끝났다. 더위 탓에 다들 늘어져 느릿느릿 움직인 영향 같았다.

고개를 저은 로드리게스는 시계를 한 번 쳐다보곤 어깨를 으쓱했다. 기분상 훈련을 조금 더 해야 할 것 같지만 한번 꺼낸 말을 뒤집기도 좀 그랬다.

결국, 그는 추가 훈련을 포기하고 이야기를 꺼냈다.

"혹시 교회 나가는 사람 있나?"

"교회요?"

"그래. 이번 일요일에 경기를 잡았거든. 교회 가야 되는 사람 있으면 손 들어봐."

손을 든 사람은 아무도 없었다. 인구의 1%만이 기독교를 믿는 일본다운 모습이었다.

"좋아."

로드리게스는 손뼉을 두 번 쳐 주의를 다시 환기시켰다.

"내일과 모레는 훈련이 없다. 하지만 경기엔 나가야 하니까 쓸데없이 체력 낭비하지 마라."

"더워서 나갈 생각도 안 들어요."

"맞아."

여기저기서 동의를 알리는 소리가 들렸다. 하기야 적도 부근에서 태어나 자란 로드리게스나 모아시르조차도 견디기 힘들 정도의 더위였으니, 쓸데없는 행동으로 체력을 낭비할 거라는 걱정은 하지 않아도 될 것 같았다.

"아무튼 몸 관리 잘하고, 아침 7시까지 여기로 오면 된다."

"원정이에요?"

"그래."

로드리게스는 뭔가 길게 말을 하고 싶은 눈치를 보였다. 하지만 아직 일본어가 익숙하지는 않았던 그는 모아시르의 서포트가 없이는 원활한 의사소통을 할 수 없었다. 그리고 그 모아시르는 더위를 피해 그늘진 벤치로 도망친 후였고, 때문에 로드리게스는 아쉬움을 뒤로한 채 훈련을 끝냈다.

이틀 후. 민혁은 그램퍼스에서 제공한 버스를 타고 오사카로 향했다.

경기를 치르는 곳은 천연 잔디 구장인 나가이 육상경기장(長居陸上競技場) 내부의 축구장이었다. 본래대로라면 U-12 레벨의 선수들이 뛸 수 있는 구장이 아니었지만, 내년 5월에 리노베이션(Renovation : 대규모 개축공사)이 예약되어 있는 관계로 일정이 빈 덕분이었다.

천연 잔디에 눈이 먼 민혁은 재빨리 공을 가지고 나가 가볍게 뛰어보았다. 리노베이션이 예정된 곳이라 그런지 잔디 관리는 별로 되어 있지 않았지만, 그래도 천연 잔디에서 뛰어보는 건 이번이 처음이었다.

이미 도착해 있는 상대 팀은 구장 반대편에서 몸을 풀고 있었다. 오사카 센트럴 FC라는 클럽이었다.

"유명한 팀이에요?"

"오사카에서는."

민혁은 코치의 대답을 듣고는 상대 팀의 훈련 모습을 살펴보았다.

오사카 센트럴 FC는 유벤투스와 같은 흰색과 검은색 줄무늬가 그려진 유니폼을 입고 있었다.

민혁은 그들이 90년대의 유벤투스를 모델로 한 전술을 쓸 것 같다는 느낌을 받았다. 근거라고 해봐야 유니폼 배색이 고작이지만, 어쩐지 그럴 것 같은 강한 예감이 들었다.

하지만 그 예감의 근거는 하나 더 있었다. 바로 지금이 일본 무대에서 세리에 A의 인기가 가장 높은 시절이라는 것과, 그 인기를 누리고 있는 클럽이 AC 밀란과 유벤투스라는 이유였다.

"그러고 보니 95-96 우승 팀이 유벤투스네."

민혁은 오래된 기억을 꺼내보았다. 물론 직접 본 경기는 아니었고, 관련 기록을 살펴보다 얻게 된 지식이었다.

이탈리아 로마의 스타디오 올림피코로 예정된 이번 시즌 챔피언스 결정전은 유벤투스와 아약스의 대결이 될 터였고, 유벤투스가 전년도 우승 팀인 아약스를 꺾고 챔피언에 오르는 해였다.

그리고 이것이 아약스의 마지막 결승전…….

이제 막 리그 개막 준비를 하는 지금으로서는 아무도 알지 못할 이야기지만, 바로 이번 시즌을 끝으로 아약스는 저물어가는 클럽이 되는 것이다.

그런 생각이 든 순간, 민혁은 왠지 모를 아쉬움에 사로잡혔다. 크루이프가 활약하던 당시의 아약스는 당연히 볼 수 없지만, 그래도 네덜란드 클럽의 자존심이라 불리며 유럽 최강 중 하나로 군림하던 아약스의 전성기를 보지 못했다는 게 아쉬움의 이유였다.

그나마 2010년부터 리그 4연패를 기록하긴 하지만, 그땐 에레디비지에(네덜란드 리그)가 힘을 거의 잃은 후였다. 게다가 에레디비지에 대표로 챔스에 나간 아약스의 성적이 좋지 못해, 2010년대 후반에 들어선 UEFA 리그 순위에서 에레디비지에가 하위권에 처지는 결과를 만든 원흉이라는 소리까지 듣게 되었다.

"그러고 보니 일본에선 중계가 있었던 것 같은데……."

고민하던 민혁은 쓴웃음을 지었다. 중계야 있겠지만 자신이 그것을 볼 수 있는 처지는 아니었다. 그램퍼스의 보조로 유학 생활을 하고 있는 자신이 위성 TV를 설치해 새벽 중계를 볼 수는 없으니 말이다.

'됐어. 나중에 유럽 가면 실컷 보겠지.'

민혁은 아쉬움을 뒤로한 채 시선을 돌렸다. 로드리게스의 입에 물린 휘슬에서 모이라는 신호가 떨어진 탓이었다.

"오늘 경기는 별로 중요하진 않다. 하지만 이겨야겠지?"

대답은 빨랐다. 물론 이기고 싶다는 내용이었다.

로드리게스는 차에서 가져온 20인치 화이트보드를 들고 전술을 지시했다. 언제나 같은 4—4—2 포메이션을 기반으로 하는 전술로, 공격 시 볼을 점유하다 단숨에 치고 달려가라는 주문이었다.

민혁은 이번에도 중앙미드필더로 배치되었다. 투톱은 모리사키와 강영훈이었다. 잉글랜드식 4—4—2에서 주로 쓰이는 빅 앤 스몰 대신 두 개의 타워를 올리는 투 타워 형태의 공격 전술을 사용할 모양이었다.

'속도전으로 가겠다는 거네.'

고개를 저은 민혁은 상대 팀을 보았다. 자신의 생각대로 상대 팀 감독이 유벤투스의 팬이라면 아마도 변형 3—5—2 전술을 쓸 가능성이 높았다. 작년부터 유벤투스를 맡은 마르첼로 리피는 4—3—3 전술을 사용하는 감독이지만, 그의 전임자이자 현시대 최고의 감독으로 불린 트라파토니는 3—5—2와 3—4—1—2 전술을 주로 썼으니 말이다.

"3—5—2 상대로는 4—3—3 이 더 나은데."

"응?"

"아, 혼잣말이야."

민혁은 아무것도 아니라는 제스처를 보내며 미간을 좁혔다. 3—5—2와 4—4—2의 싸움이라면 미드필더에서 밀릴 가능성이 높았고, 그것은 중앙을 책임져야 할 자신에게 과부하가 올 수도 있다는 이야기였다.

그런 걱정은 경기에서 그대로 재현되었다.

'아, 덥다…….'

민혁은 뒤에서 날아온 공을 발바닥으로 굴려 수비를 벗겨내며 전진했다. 미드필더의 수 싸움에서는 민혁이 속한 그램퍼스 주니어가 밀리는 탓에 압박을 계속해서 받아야 했기에, 그램퍼스 주니어의 패스는 대부분 민혁에게 집중되었다. 개인기술로 서너 명의 압박을 벗어날 수 있는 건 민혁뿐이기 때문이었다.

만약 투톱 중 한 명이라도 내려와 공을 받아줬다면 이렇게까지 압박이 심하지는 않았겠지만, 두 명의 포워드는 최종 수비 라인 근처에서 공이 오기만 기다리고 있었다. 두 사람 모두 신체 능력을 기반으로 축구를 하는 타입이라 전술 이해도가 많이 떨어지는 탓이었다.

민혁은 토레스를 앞에 두고 경기를 해야 했던 이니에스타의 심정을 알 것 같았다.

"토레스는 능력이라도 좋지."

민혁은 그렇게 말하며 한숨을 쉬었다. 1 대 1을 만들어주는 스루패스를 놓쳐 버리는 모리사키의 모습이 원인이었다.

전술 싸움과 포워드의 기량에서 밀린 그램퍼스 주니어는 결국 첫 골을 상대에게 넘겨주었다. 왼쪽 윙백으로부터 시작된 역습이 오사카 센트럴 FC 포워드의 발 앞에 떨어지는 크로스로 이어졌고, 그것을 받은 오사카의 포워드가 골키퍼마저 제치며 골문에 공을 밀어 넣은 것이다.

민혁은 뒷목을 잡았다.

이 더운 날씨에 뛰어야 한단 말인가.

"아, 진짜……."

짜증을 터뜨린 민혁은 좀 더 높은 곳으로 올라가 플레이를 진행했다. 하지만 그러자 수비에서 올라오는 패스가 민혁에게 제대로 연결되지 않았다. 이미 점수를 내어 준 수비진은 좀처럼 올라오지 않았고, 때문에 미드필더 간의 패스 연결이 수적인 열세로 인해 끊기기 일쑤인 까닭이었다.

민혁은 입술을 깨물고 고개를 떨궜다. 열심히 뛰어야 한다는 건 아는데 날이 너무 더워서 그러고 싶은 마음이 들지 않았다.

그건 다른 선수들도 다르지 않았다. 이기는 팀이나 지는 팀 모두 더위에 눌려 버린 상태였다.

전반전은 그렇게 끝을 맺었다.

로드리게스는 별다른 말을 하지 않은 채 점수 판을 보았다. 대한민국 학원 축구 시스템의 감독이라면 골을 먹은 수비진은 물론 점수를 내지 못한 공격진까지 일렬로 세워놓고 싸대기를 때렸겠지만, 프로 구단 산하의 유스 팀 감독인 그에겐 그럴 이유가 없었다.

하지만 지고 있는 상황이 좋을 리는 없는 일.

때문에 미간을 좁히고 있는 그를 보며, 민혁은 차분히 손을 들었다.

"응? 무슨 의견이라도 있나?"

"네."

브라질인인 로드리게스는 선수들의 의견도 들어주는 오픈 마인드의 소유자였다. 게다가 민혁의 전술 이해도가 높다는 건 그 역시 잘 알고 있는 사실이기에, 어쩌면 좋은 의견이 나올지도 모른다는 생각을 가지고 있었다.

"뭐지?"

"포메이션 약간 바꿨으면 좋겠는데요."

"어떻게?"

"4—3—3요."

로드리게스는 미간을 살짝 좁히며 물었다.

"미드필더 싸움에서 밀리지 말자?"

"네."

"왜 그래야 되지?"

"공격이야 개인 기량으로 어떻게 하더라도 수비 시엔 답이 없거든요. 정식 경기면 저쪽도 윙백이 과부하돼서 후반전에 뻥뻥 뚫리겠지만, 지금은 교체가 자유니까 부담이 적죠."

로드리게스는 웃었다. 완벽하다고까지는 할 수 없지만, 이런 상황에서 가장 기본적으로 생각할 수 있는 대응이었다.

"좋아."

그는 화이트보드에 4—3—3을 쓰고는 선수들을 재배치했다. 모리사키와 강영훈을 원톱과 오른쪽 윙으로 배치하고 왼쪽 윙에는 민혁을 넣는 포메이션이었다.

"위치는 윙이지만 좀 더 중앙에서 플레이해라. 가능하겠지?"

"네."

로드리게스의 고개가 끄덕여졌다. 과연 얼마나 제대로 할 수 있을지 흥미를 느끼는 듯한 표정이었다.

그로부터 5분 후.

후반전이 시작되었다.

*　　　*　　　*

히라노 에이스케는 점수 판을 바라보았다. 3과 1이라는 숫자가 4와 1로 바뀌는 순간이었다.

그에게는 안타깝게도, 3에서 4로 변한 것은 상대 팀의 점수였다. 다시 말해 그가 이끄는 오사카 센트럴 FC가 한 골을 추가로 내줬다는 이야기였다.

후반전에만 네 골…….

그것은 상대의 전술 변화가 효과를 보였다는 이야기였고, 오사카 센트럴의 감독인 그로서는 머리를 쥐어뜯게 만드는 상황이었다.

"말도 안 돼."

히라노 에이스케의 눈은 왼쪽 측면에서 중앙으로 파고드는 민혁을 향해 있었다.

민혁은 뒤에서 들어온 볼을 그대로 놓아둔 채 몸을 돌려 수비를 제쳤다. 민혁에게 가로막혀 공을 보지 못한 수비의 다리 사이로 공이 빠졌고, 민혁은 오른발 바깥쪽으로 공을 툭 쳐 방향을 바꾸고 빠르게 달렸다. 뒤늦게 달려든 수비까지 바보로 만드는 움직임이었다.

"브라질인이라도 되나?"

히라노 에이스케는 헛소리라고 생각하면서도 그 말을 꺼내고 말았다. 동양인의 컨트롤이라고 보기 힘들 정도의 움직임에 입이 벌어질 지경이라 자연히 터져 나온 이야기였다.

그리고 몇 초 후, 골을 알리는 휘슬이 울렸다. 5 대 1이 되는 시점이었다.

로드리게스는 박수를 쳤다. 골을 넣은 강영훈이 아니라 어시스트를 기록한 민혁에게 보내는 박수였다.

세 명의 압박을 뚫고 로빙 스루를 날리는 모습은 유스 레벨을 넘어 1군 레벨에서도 좀처럼 보기 힘든 플레이였다. 일본이 아닌 브라질에서도 말이다.

굳이 찾자면 심심풀이로 유스 팀과 뛰는 1군 선수들이나 할 수 있는 플레이랄까?

'좀 더 상위 레벨에서 뛰는 게 좋을 텐데.'

로드리게스는 잠깐 생각을 이어가다 고개를 저었다. 브라질이나 유럽이라면 몰라도 일본에선 월반에 한계가 있었다. 모든 대회가 연령별 구분에 따라 진행되고 있기 때문이었다.

물론 연령 제한은 어디까지나 상한선만 두고 있었다. 하지만 그렇다고 해서 상위 레벨에서 뛰는 게 자유롭다는 이야기는 아니었다. 대회 주최 측에서 저연령 선수의 참가를 달갑지 않게 여기고 어깃장을 놓을 가능성이 높은 것이다.

남미나 유럽이라면 14세나 15세에 1군 무대에서 뛰는 것도 가능하지만, 학원 축구를 베이스로 하는 한국이나 일본에서는 클럽 팀에 속한 선수라도 '학교'라는 제한을 완전히 벗어날 수 없었다.

"아쉽군."

"뭐가요?"

혼잣말을 하던 로드리게스는 갑자기 들려온 목소리에 화들짝 놀랐다.

"너 왜 여기 있어?"

"스로인요."

민혁은 공을 슬쩍 보여주며 라인에서 물러났다. 도움닫기를 할 모양이었다.

공을 던진 민혁은 곧바로 그라운드로 돌아가 돌아온 공을 받아 반대편으로 넘겼다. 계속된 민혁의 활약에 압박을 느낀 상대 팀 대부분이 민혁을 향해 몰려온 탓에, 그 패스는 평범한 궤적을 그렸는데도 완벽한 찬스를 만드는 상황이 되어 있었다.

패스를 받은 모리사키는 왼발로 골을 욱여넣었다. 트래핑이 불안했지만 워낙 패스가 좋았던 덕분에 만들어진 골이었다.

6 대 1.

히라노 에이스케는 머리를 감싸 쥐고 무릎을 꿇었고, 로드리게스를 비롯한 그램퍼스 주니어의 코치진은 두 손을 번쩍 들며 완승을 기념했다. 사실 유스 레벨에서 6 대 1이란 스코어가 그렇게 눈에 띄는 결과는 아니지만, 그래도 첫 번째 원정 경기에서 완승을 거둔 게 기쁘지 않을 리 없었다.

경기는 그대로 마무리되었다. 워낙 점수 차이가 난 탓에 추가 시간을 거의 주지 않은 까닭이었다.

"수고하셨습니다."

민혁은 상대 팀과의 인사를 끝내자마자 벤치로 돌아와 물을 찾았다. 역전 후 대승이라는 승리감에 취해 느끼지 못했던 더위와 갈증이 한순간에 밀려드는 느낌이었다.

"너 잘하더라."

물을 마시던 민혁은 옆에서 들려온 소리에 고개를 돌렸다.

"오사카 감독님이죠?"

히라노 에이스케는 고개를 끄덕였다. 하지만 얼굴엔 왠지 분하다는 느낌이 감돌고 있는 분위기였다. 전반전을 1 대 0이라는 스코어로 이기다 후반에 6골이나 먹힌 팀의 감독이니 이해를 못 할 건 아니었지만, 아직 5학년에 불과한 민혁에게 다가와 그런 표정을 보인다는 건 아무리 생각해도 어른답지 못한 행동이었다.

"할 말 있으세요?"

"음."

히라노 에이스케는 주먹을 불끈 쥐고 입을 열었다.

"우리 팀이 진 거지, 오사카가 진 건 아니다. 오사카에도 천재는 있어."

그는 그 말을 끝으로 몸을 돌렸다. 오사카인 특유의 곤

조(근성)라는 게 발휘된 결과겠지만, 어쨌거나 정말 어른답지 못한 행동과 태도였다.

'천재?'

하지만 민혁은 그 점을 짚는 대신 고개를 갸웃했다. 야구 왕국이라 불리는 오사카에 축구 천재라 불릴 만한 사람이 있나 싶었던 것이다.

그나마 오사카 출신의 천재라면 혼다 케이스케 정도겠지만, 혼다 케이스케는 피지컬을 이유로 감바 오사카 유스 팀 입단조차 거절당하고 학원 축구에서 성장한 케이스였다.

혼다는 감바 오사카와 관련이 있는 지역 클럽에서 뛰다 중학교 시절 감바 오사카의 주니어 팀에 입단하지만 평발에 체격이 작다는 이유로 시니어 팀으로 승격하는 데에는 실패했고, 인근에 있는 세이료 고등학교에 입학 후 피나는 노력을 통해 성장한 끝에 고등학교 3학년이 되어서야 일본 축구계에서 주목할 만한 인재가 되는 선수였다.

아마도 이 시기라면 지역 클럽인 셋쓰 FC에서도 비주전으로 뛰고 있을 터.

그렇다면 히라노 에이스케가 말한 천재란 혼다가 아닌 게 분명했다.

'근데 그 외의 천재가 있나?'

민혁은 한참을 끙끙 앓았다. 아무리 생각해도 오사카 출신의 천재에 대해선 떠오르는 내용이 없었다.

그렇다면, 생각할 수 있는 가능성은 세 가지였다.

하나는 히라노 에이스케의 헛소리일 경우였고, 다른 하나는 부상을 포함한 여러 가지 이유로 중간에 축구를 그만두는 경우였다.

그리고 마지막으로, 어릴 땐 신동으로 불리다 나이를 먹으면서 점점 평범해져 가는 유형의 선수들이 있었다.

그건 단순히 재능이 과대평가되어 있는 케이스일 수도 있고, 재능에 취해 연습을 게을리하다 몰락해 버리는 케이스일 수도 있었다.

순간, 민혁은 섬뜩한 기분을 느끼며 정신을 가다듬었다. 어쩌면 민혁 자신도 그렇게 될지 모른다는 생각이 들었던 탓이다.

"아, 조심해야지."

"응?"

히라노 에이스케가 무슨 말을 했는지 물으려던 모아시르는 영문을 모르겠다는 표정을 지었다. 갑자기 조심해야겠다는 말이 나오는 이유를 도저히 짐작할 수 없었기 때문이었다.

"아뇨, 지금 잘한다고 방심하다간 순식간에 망할 수도 있겠구나 싶어서요."

"갑자기 무슨 소리야?"

"그냥 해본 말이에요. 아, 그런데……."

"뭔데?"

"오사카에 축구 잘하는 애 있어요?"

민혁은 혹시나 하는 생각에 입을 열었다. 자신이 모르는 누군가가 있지 않나 싶어서였다.

하지만 돌아온 답변은 부정적이었다.

"오사카는 완전히 야구 판이잖아. 운동에 재능이 있는 애들은 죄다 야구하러 가서 축구판엔 없을걸?"

"그렇겠죠?"

"왜?"

민혁은 구장을 떠나는 오사카 센트럴 FC 선수단을 가리키며 말했다.

"저쪽 감독이 그러더라고요. 오사카에도 천재가 있다고."

"그래?"

모아시르는 고개를 갸웃하다 동료 코치를 불러 관련된 내용을 물어보았다. 아무래도 일본인 코치라면 자신보다 정보에 밝을 거란 생각이었다.

답변은 금세 흘러나왔다.

"후타가와 다카히로인가 하는 애가 좀 잘한다는 소리는 있었던 것 같은데요?"

"누구예요?"

"글쎄……."

그 이름을 꺼낸 코치도 머리만 긁었다. 어쩌다 한번 들어본 이름에 불과했던 탓에 딱히 알려줄 내용이 없었다.

그건 민혁도 다르지 않았다.

후타가와 다카히로는 2006년 아시안컵에 일본 국가대표 팀으로 뽑히는 선수였다. 하지만 출장은 단 한 경기에 그쳤던 선수인 탓에, 민혁의 기억엔 조금도 남아 있지 않았다. 아무리 축구를 좋아하는 사람이라도 그 정도 선수까지 기억하는 건 무리였다.

"자, 자. 잡담 그만하고 집합!"

민혁과 모아시르는 로드리게스의 재촉을 받고는 그가 있는 곳으로 향했다.

"오늘 경기는 나쁘지 않았다. 하지만 100% 만족했느냐면 그건 아니야. 우선……."

로드리게스는 경기 중에 있었던 상황을 하나씩 꺼냈다.

가장 먼저 나온 건, 역시 전반 초반에 있었던 실점 상황에 대한 이야기였다.

"하라구치, 아까 왜 뛰어들었지?"

"네?"

"실점 상황에서 왜 그렇게 급하게 뛰어들었냐는 뜻이다. 최종 수비가 그 상황에서 굳이 헤딩을 노릴 이유가 없었으니까."

수비수 하라구치는 입을 삐죽 내밀며 바닥을 보았다. 그런 내용을 굳이 자신을 콕 집어 하는 것에 불만을 가진 모양이었다.

하지만 로드리게스는 그의 태도엔 신경도 쓰지 않고 이야기를 이어나갔다. 직설적인 축구 문화에서 자란 브라질인인 그에겐 하라구치의 태도 따윈 고려할 만한 문제가 되지 않았던 것이다.

"인터셉트는 매우 중요하다. 하지만 우리 수비의 숫자가 적을 땐 시간을 끌면서 동료들이 돌아올 시간을 벌어주는 게 더 중요해. 한 사람이 커버를 할 수 있는 범위는 어디까지나 한계가 있다. 이건 내가 그레미우에서 처음 1군으로 올라갔을 때 수비 코치에게 들었던 이야기인데……."

로드리게스의 일본어는 점점 거칠어지더니 종국엔 포르투갈어로 변해 버렸다. 급히 통역에 나선 모아시르가 당황할 만큼 빠르고 긴 이야기였다.

다행히 쓸데없는 이야기는 길지 않았다. 그 길지 않음이 상대적이라는 게 문제지만 말이다.

"세 번째 골 장면은 한 가지만 빼고 다 좋았다. 우선 모리사키."

"네?"

"수비를 끌고 다녀라. 공격수는 골을 넣는 게 무엇보다 중요하지만, 단순한 움직임으로 수비를 헤집을 수 있다면 그것만으로도 제 몫을 했다고 할 수 있어."

모리사키를 비롯한 아이들은 고개를 갸웃했다. 알 것도 같고 모를 것도 같은 이상한 느낌이었다.

"잘 이해가 안 되면 마지막에 네가 넣은 골을 떠올려 봐. 윤이 상대편 수비를 전부 자신에게 집중시킨 후에 패스를 넣어주니까 쉽게 넣었지?"

모리사키는 인상을 쓰면서도 고개를 끄덕였다. 하필이면 민혁의 움직임이 예시라는 게 마음에 들지 않긴 했지만, 그 골을 넣을 수 있던 게 민혁 덕분임은 도저히 부정할 수 없었다.

"아, 너한테 윤이랑 같은 걸 바라는 건 아니다. 사람마다 조건과 특기가 다르니까 그걸 그대로 따라하려고 할 필요는 없어. 내가 원하는 건 네 특기를 살려서 비슷한 효과만 내면 된다는 거다."

"어떻게요?"

"내가 말해줄 수는 있지만, 그보다는 네가 생각을 해보는 게 좋겠지. 항상 감독이나 코치에게 의존하다간 남의 말밖에 못 듣는 선수가 되기 십상이니까."

"에……."

"하지만 감독으로서 아예 손을 놓고 있을 수는 없으니 한 가지만 알려주마. 우선 내가 유스 시절 주니어 리그에서 27경기 48골을 넣었을 때의 이야기를 할 필요가 있는데……."

그렇게 로드리게스는 입을 열었고, 민혁은 조용히 귀를 막았다.

9
전 일본 U-12
축구 선수권 대회 1

그램퍼스 주니어는 평소보다 바빴다. 이제 곧 전 일본 U-12 선수권대회가 열리기 때문이었다.

1977년부터 시작된 이 대회는 일본 47개 도도부현 대표와 전년도 우승 팀 1개를 포함한 48개 팀이 타이틀을 놓고 겨루는 방식을 채택하고 있었다. 1차, 2차 예선은 조별 리그로, 그 다음부터는 토너먼트로 진행하는 식이었다.

지역 리그 1차전은 6월 24일이었다.

민혁을 비롯한 그램퍼스 주니어는 이치노미야 시(市) 유소년 축구 클럽이라는 곳과 만났다. 기후 현과 맞닿은, 아이치 현의 외곽에 있는 지역의 클럽이었다.

“저기에 천재가 있다 이거지…….”

이치노미야 시 유소년 축구 클럽의 감독은 그램퍼스 주니어의 선수들을 보았다. 하기야 프로 구단인 나고야 그램퍼스에서 고르고 고른 아이들일 테니 천재가 없는 게 이상할 터였다.

그는 어제 만난 중학교 동창의 이야기를 떠올려 보았다. 현재 오사카 센트럴 FC의 감독을 맡고 있는 히라노 에이스케와의 술자리에서 있었던 대화였다.

도저히 감당하지 못할 천재가 있다.

그 이야기를 떠올린 이치노미야의 감독은 입술을 질끈 물고 눈을 감았다.

“그래도 이긴다.”

그는 각오를 다졌다.

비록 자신의 팀과 오사카 센트럴 FC는 비슷한 수준이지만, 유소년 레벨의 축구란 분위기를 많이 타게 마련이었다. 다시 말해 초반 분위기만 잘 잡으면 승리를 기대할 수도 있다는 이야기였다.

이치노미야의 감독은 결의에 찬 표정으로 그라운드를 보았다.

그에겐 지역에서 자생하는 클럽의 감독이란 자존심이 있었다. 프로 구단에게 예산을 받는 태평한 클럽에게 질 수는 없는 것이다.

그걸 알 리 없는 로드리게스와 그램퍼스 주니어의 코치진은 웃으며 다가와 인사를 건넸다. 이치노미야의 감독도 그들을 대면한 상태에서는 웃으며 손을 내밀어 악수를 청했고, 그렇게 경기는 훈훈함을 가장한 경쟁심을 머금고 시작되었다.

경기는 여느 때처럼 11 대 11로 진행되었다. 얼마 전부터 유소년 레벨에선 8 대 8 축구를 도입하는 게 어떻겠느냐는 이야기가 나오고 있는 일본이지만, 규정이라는 것은 그렇게 쉽게 바뀌는 게 아닌 까닭이었다.

약 5분 정도의 탐색전이 끝나갈 무렵, 민혁은 중앙선 아래까지 내려와 공을 받았다.

이치노미야의 미드필더들은 민혁에게 달라붙지 않았다. 철저한 존디펜스 개념의 방어였다.

'바보들이네.'

민혁은 공을 툭툭 치며 선수들의 간격을 살폈다. 존디펜스 개념을 억지로 주입받은 선수들이라면 당연히 나올 약점을 노릴 생각이었다.

빠르게 계산을 끝낸 민혁은 곧바로 공을 몰고 달려 나갔다. 앞 공간에 있는 수비수 사이의 정중앙이었다.

두 명의 수비는 얼빠진 모습으로 민혁을 보내주었다. 서로 간에 수비를 미루다 벌어진 참사였다.

"제기랄! 뭐 하는 거야!"

이치노미야의 감독은 허공에 주먹을 휘두르며 소리 질렀다.

돌파도 돌파지만 그 뒤에 이어진 스루패스를 놓친 게 더욱 아팠다. 비록 그램퍼스 주니어의 원톱이 후지산 대폭발을 연상시키는 슛을 날린 덕분에 골은 먹지 않았지만 말이다.

그는 숨을 몰아쉬며 경기장을 노려보았다.

그램퍼스 주니어의 기본 포메이션은 4—3—3으로 바뀌어 있었다. 구단에서는 벵거 감독이 사용하는 4—4—2 포메이션에 최대한 맞춰주길 원했지만, 아무리 노력을 해도 4—4—2 전술로는 안정적인 승리를 거둘 수 없었다. 민혁과 짝을 이룰 만한 홀딩 미드필더가 없기 때문이었다.

그런 이유로, 그램퍼스 주니어는 4—3—3이나 변형 4—1—4—1을 사용하고 있었다. 두 포메이션 모두 수비형미드필더에게 부담이 많이 가는 전술이지만, 그램퍼스 주니어에선 민혁이 주는 공을 다른 선수에게 돌리거나 다른 선수에게서 이어진 공을 민혁에게 돌리는 역할만 요구하고 있기에 부담이 적었다.

이는 과르디올라 체제의 바르셀로나에서 부스케츠가 맡았던 역할과 비슷했는데, 민혁의 볼컨트롤과 개인 기술이 U—12 레벨의 다른 선수들과 격차가 컸기에 가능한 방식이었다.

거기에 일본 구단들의 대인방어가 약하다는 것도 그런 전술을 쓰게 된 원동력 중 하나였다.

세계 축구의 흐름을 좇아가겠다는 발상은 나쁘지 않지만, 그 과정에서 기본이 되는 부분을 배제하고 있는 게 90년대

중반의 일본이었다. 존디펜스나 존 프레스의 개념을 도입한 건 좋은데, 그 수비 방식의 원점인 압박에 대한 중요성을 완전히 잊고 있을 정도였다.

이런 식으로 훈련을 해서는 프로 레벨에 가서도 수비에 어려움을 겪게 될 테지만, 그것까지 민혁이 신경을 써줄 이유는 없었다.

"패스!"

민혁은 중앙으로 파고들며 패스를 외쳤다. 그러자마자 힘없는 패스가 굴러 들어와 민혁의 발 바로 앞에 떨어졌다. 수비가 달려들었다면 공을 지키기 힘들었을 상황이지만, 철저하게 존디펜스를 강요받고 있던 이치노미야의 수비는 그걸 보고도 달려들지 않았다.

그는 곧바로 공을 몰아 페널티박스로 들어갔다. 존디펜스만 머릿속에 들어 있는 수비를 상대하는 건 어렵지 않았다.

그로부터 3초 후.

심판의 휘슬에서 소리가 터졌다.

"아, 젠장."

이치노미야의 감독은 바닥을 걷어찼다. 민혁의 발끝에 걸린 공이 골문 안으로 빨려 들어간 직후의 모습이었다.

"저걸 어떻게 골을 만들어?"

그는 이해할 수 없다는 표정을 지었다. 그 역시도 중학교 시절까지는 축구를 해왔던 사람이지만 방금 전의 플레이는 상상도 하기 힘든 수준이었다.

수비에 막혀 골을 넣을 각도가 전혀 없는 상황에서 스핀을 먹인 공으로 골을 넣는 것.

그런 건 브라질에서나 가능한 플레이가 아니냔 말이다.

그를 더 울컥하게 하는 건 그램퍼스 주니어의 플레이 변화였다.

'이기고 있으면 좀 적당히 뛰라고!'

그는 주먹을 불끈 움켜쥐고는 이를 갈았다. 어째서인지 골을 넣은 그램퍼스 주니어 공격수들의 움직임에 훨씬 더 힘이 들어가 있었다. 골이 들어가기 전까진 공만 기다리던 원톱과 오른쪽 윙이 갑자기 중앙선까지 내려가 공을 받는 빈도가 높아진 것이다.

그건 로드리게스의 지시는 아니었다. 단지 민혁에게 경쟁심을 가진 모리사키와 강영훈이 자기들도 골을 넣겠다며 지시받은 것 이상으로 뛰고 있을 뿐이었다.

하지만 상대 팀인 이치노미야로서는 심리적 압박을 느낄 수밖에 없는 모습이었다. 자신들이 우습게 보인 게 아닌가 싶어 발끈하는 선수도 두어 명 있었지만, 그들도 민혁에게 공이 간 순간부터는 반쯤 체념한 상태로 기계적인 플레이만 이어가고 있었다. 수준이 다르다는 말을 이렇게까지 실감 나게 느끼는 건 처음이었다.

의욕을 잃은 그들은 무기력한 플레이만 이어갔고, 결국 전반은 3 대 0이란 스코어로 끝을 맺었다.

"잘했다."

로드리게스는 선수들을 칭찬하며 화이트보드를 가리켰다. 후반 전술 변화에 대한 주문이었다.

"수비적으로 가려고요?"

"그럴 리가."

로드리게스는 고개를 저었다. 수비적인 전술은 나고야 그램퍼스를 맡고 있는 아르센 벵거나 로드리게스 자신 모두 원하지 않는 흐름이었다.

"지난번에 6 대 1로 이겼으니까, 이번엔 6 대 0으로 이겨라. 할 수 있겠지?"

"네!"

민혁을 제외한 그램퍼스 주니어의 선수들은 일제히 외쳤다. 당연히 대답할 거라 생각했던 민혁의 침묵은 로드리게스를 의아하게 만들었고, 그는 혹시 부상이라도 입었나 싶어 심각한 표정으로 입을 열었다.

"왜? 부상이라도 있어?"

"아뇨?"

"근데 왜 대답을 안 하지? 자신이 없는 건 아닐 텐데."

"6 대 0 정도야 당연하잖아요."

로드리게스는 혀를 내둘렀다. 자신감이 넘치는 건 괜찮지만 상대방을 얕잡아 보는 건 좋지 않았다.

"자신감이 지나치면 무례가 된다."

"…그건 그러네요."

민혁은 순순히 고개를 끄덕였다.

반박을 하거나 무시할 거라 생각했던 로드리게스는 속으로 애늙은이라는 생각을 하며 혀를 내둘렀다. 아무리 봐도 속엔 30대의 아저씨가 앉아 있는 것 같은 느낌이었다.

그게 사실이라는 건 꿈에도 몰랐지만 말이다.

"자, 시간 다 됐다. 그라운드로 돌아가."

로드리게스는 힘 빠진 표정을 짓는 선수들을 경기장 안으로 들여보냈다. 날이 더우니 축 늘어진 것도 이해를 못 할 바는 아니었지만, 그래도 시작한 경기는 끝까지 열심히 뛰어야 했다.

경기는 전반전과 비슷한 양상으로 진행되었다.

민혁은 2개의 골과 2개의 어시스트를 추가로 기록했다. 어시스트 하나는 강영훈의 헤딩 골로 이어졌고, 나머지 하나는 모리사키와 교체된 스즈키의 왼발 슛으로 연결되어 골망을 흔들었다.

최종 스코어는 7 대 0. 민혁의 세 골과 강영훈의 두 골, 그리고 모리사키와 스즈키가 각각 한 골을 기록한 결과였다.

"쳇."

모리사키는 점수 판을 바라보며 눈썹을 꿈틀했다. 득점자에 대한 안내는 없어도 자신과 민혁이 기록한 스코어를 모를

리 없었다. 민혁을 라이벌이라고 생각하는 그로서는 아무리 생각해도 만족할 수 없는 스코어와 결과였다.

로드리게스는 가볍게 웃으며 선수들을 데리고 밖으로 나갔다. 적당한 경쟁심이 붙는 건 좋은 일이었다.

그들이 나간 후, 이치노미야의 감독은 구장을 정리하는 대회 관계자를 찾아가 물었다.

"저 꼬마… 그램퍼스 10번 누굽니까?"

그는 도저히 납득이 되지 않는다는 표정으로 입을 열었다. 그램퍼스 주니어에 천재가 있다는 이야기는 중학교 동창인 히라노 에이스케를 통해 이미 들었던 바지만, 아무리 천재라도 저 나이에 저럴 수는 없다는 생각이 머릿속에 가득했다.

어쩌면 나이를 속인 건 아닐까 하는 의문도 그 뒤를 따라 일어났다. 가능성이 높지는 않아 보였지만, 고작 한 명에게 처참하게 유린당했다는 사실을 납득하고 싶지 않기에 일어난 현상이었다.

책상을 정리 중이던 청년은 뜬금없는 질문에 고개를 갸웃했다.

"네?"

"아무래도 궁금해서요. 상대 팀에 대해 묻는 게 규정 위반은 아니잖습니까?"

"아, 잠시만요."

서류를 뒤적이던 그는 그램퍼스 주니어 선수단이 기록된

간이 서류를 그에게 보여주었다. 딱히 대외비로 처리할 내용도 아니니 상관없을 거라는 생각이었다.

'한국인?'

서류를 확인한 이치노미야의 감독은 불쾌한 표정을 굳이 지우지 않았다. 한국인을 막지 못해 졌다는 사실에 심한 불쾌감을 느끼고 있었기 때문이었다.

"젠장!"

그는 입술을 질끈 물었다. 식민지였던 나라의 꼬마에게 당했다는 생각이 들자 자존심에 상처를 입는 느낌이었다.

평상시의 그였다면 하지 않을 생각이지만, 7 대 0이라는 스코어는 그의 평정을 깨뜨려 놓기에 부족함이 없었다.

사실 대다수의 일본인들은, 그리고 평상시의 그는 한국에 대해 별다른 생각을 갖지 않고 있었다.

한국인으로서는 자존심이 상하는 이야기지만, 한참 절정에 이르렀던 80년대와 90년대의 일본은 한국을 경제가 발전하고 있는 이웃 나라나 돈 없는 중고등학생의 수학여행지로만 생각하고 있었다.

완벽히 같지는 않겠지만, 당시의 한국인들이 베트남에 대해 가지고 있는 것과 비슷할 정도의 인식밖에 없는 수준이었다.

심지어 우익으로 분류되는 사람들조차 한국에 대한 비토보다는 미국을 언제 따라잡을 것이냐가 더 관심이 많은 시기였고, 한국에 대해 말하는 사람들은 별종으로 분류되던 시대였다.

그리고 그것은, '한국은 일본보다 한 수 아래'라는 인식에 기반하고 있었다.

때문에, 이치노미야의 감독은 자존심에 심각한 타격을 입었다. 바로 그 한 수 아래의 상대에게 처참하게 패한 셈이니 말이다.

물론 국가의 역량과 개인의 역량은 전혀 다른 이야기였다. 라이베리아 축구는 형편없지만 그 라이베리아의 선수인 조지 웨아는 발롱도르 수상자인 것처럼, 한국의 국력이 일본에 비해 모자란 것과 한국인인 민혁이 일본의 선수들보다 뛰어난 것은 별개라는 뜻이다.

하지만 자존심을 다친 그에겐 그런 당연한 논리가 적용되지 않았다. 그저 한 수 아래의 국가에서 태어난 꼬마에게 자존심을 짓밟혔다는 생각만 머릿속에 가득한 채였다.

"두고 보자……."

그는 멀어지는 민혁을 노려보며 이를 갈았다.

*　　　*　　　*

"…이건 말도 안 돼."

민혁은 성적표를 받아 들고 몸을 떨었다. 전 과목에서 가장 좋은 평가를 받을 거라고 생각했거늘, 어째서인지 두 개는 바닥을 기고 있었다.

하지만 항의를 할 수도 없었다. 90년대 일본 소학교의 성적 평가는 6단 평가라는 시스템으로 진행되고 있었고, 그 기준은 어디까지나 교육자 개개인의 평가에 달려 있었다. 이런 상황에서 항의를 해봐야 받아들여질 가능성은 조금도 없었다.

게다가 그 두 가지는 민혁도 납득할 수 있는 항목이긴 했다.

단지 바닥일 줄은 몰랐을 뿐이지.

"…꼭 축구로 성공해야지."

민혁은 통지표를 구겼다. 부모님이 한국에 있는 게 다행이었다.

만약 어머니인 박순자 여사가 이 통지표를 봤다면…….

"으으."

민혁은 세차게 머리를 흔들었다. '당장 책상에 앉아서 공부 안 해!'라고 외치는 어머니의 모습이 눈앞에 상세히 그려질 정도였다. 회귀 전 12년을 그렇게 당했던 기억이 남아 있기 때문이었다.

'통지표를 보내긴 보내야 하는데 말이지.'

민혁은 고민했다. 점수가 아니라는 점은 다행이지만 만족스러운 성적이라고는 할 수 없었다. 만약 지금이 컴퓨터와 인터넷이 대중에 보급된 90년대 후반이라면 포토샵과 메일을 통해 성적 위조라도 할 수 있었겠지만, 도스(Dos)를 쓰는 퍼스널 컴퓨터가 30만 엔을 넘고 소수의 사람들만 전화선으로 인터넷을 하는 지금은 불가능한 이야기였다.

고민하던 민혁은 철면피 작전을 쓰기로 했다. 일본에서 잃어버렸다고 하면 뭘 어쩌겠는가.

"아무리 어머니라도 일본까지 쫓아오진 않을 거고……."

"윤!"

"응?"

고개를 돌린 그는 턱을 살짝 들어 올린 채 당당히 걷는 모리사키를 보고는 미간을 좁혔다. 어째 지나치게 자신감이 넘치는 표정이었다.

'저거 왜 저래?'

민혁이 고개를 갸웃하는 사이, 바로 앞까지 다가온 모리사키는 민혁의 손에 들린 통지표를 낚아챘다.

어찌나 당당해 보이는 행동이었던지, 마치 내어 준 것처럼 통지표를 뺏긴 민혁은 눈을 다섯 번이나 깜박이고 나서야 입을 열었다.

"뭐야?"

"흥!"

모리사키는 코웃음을 친 후, 민혁의 통지표를 펼쳐 들고 말했다.

"축구는 네가 조… 조금 더 잘할지 몰라도 성적은 내가……."

자신 있게 외치던 모리사키의 표정은 순식간에 굳었다. 동

공은 마치 지진이라도 난 것처럼 미묘하게 떨리고 있었다. 불신과 당황이 섞여 있는 모습이었다.

"뭐냐니까."

"너, 너……."

"너 뭐?"

"젠장!"

모리사키는 현실을 부정하고 싶어 하는 듯한 표정으로 통지표를 돌려주며 뛰어나갔다. 모르는 사람이 보았더라면 민혁이 그를 패기라도 했던 것처럼 볼 법한 모습이었다.

그제야 상황을 이해한 민혁은 실소를 물었다. 아무리 공부를 안 했어도 속은 30대인 자신이 평범한 10대 초반의 꼬마에게 공부로 질 리가 없지 않은가.

"어이가 없네."

민혁은 새삼 자신에 대한 반성을 했다. 저런 꼬맹이에게 라이벌 의식을 느끼게 할 정도로 철없이 굴었나 싶은 생각이 들어서였다.

하지만 그건 딱히 민혁의 잘못이라 할 수 없었다. 몸이 어려지는 바람에 정신도 그 영향을 어느 정도 받았고, 아무리 노력해도 외형에서 흘러나오는 분위기까지 어떻게 할 수는 없으니 말이다.

잠시 고민한 후에야 그것을 깨달은 민혁은 어깨를 으쓱하며 발을 떼었다. 내일 경기를 생각해 몸을 좀 쉬어둘 생각이었다.

그때, 뒤에서 그를 부르는 소리가 들렸다.

"야! 윤민혁!"

민혁은 뒤를 돌아보았다.

"……."

이번엔 강영훈이었다.

*　　　*　　　*

전 일본 U-12 축구 선수권대회, 아이치 현 지역 예선 2차전 구장은 오이마츠 소학교로 배정되었다. 상대는 아이치 FC였다.

민혁은 몰랐지만, 아이치 FC는 올해 전국 대회 준우승을 하게 되는 팀이었다. 원래의 역사대로 흘러간다는 전제하에서 말이다.

그래서인지, 이번 경기는 민혁의 뜻대로 진행되지 않았다. 전반이 끝나도록 3 대 2라는 스코어를 뒤집지 못했던 것이다.

원래대로라면 아이치 FC가 준우승을 한다는 사실을 모르는 민혁은 지친 표정으로 고개를 저었다. 지금까지 일본 유소년들을 너무 얕본 거 아닌가 하는 생각도 머릿속을 조금씩 채우고 있었다.

물론 개인의 기량은 민혁이 가장 좋았다. 하지만 아이치 FC는 팀으로서 완성된 구단이었다. 팀원 개개인의 능력은 민혁과 비교해 많이 떨어졌지만, 팀 전체의 전력이 평준화가 된 데다 팀워크가 놀랄 만큼 확실히 맞아 들어간다는 이야기였다.

"저놈들 장난 아니네."

강영훈은 입에 머금었던 물을 뱉은 후 그렇게 말했다. 이 더운 날씨에도 조금의 흐트러짐도 없이 정확한 패스를 연결해 가는 상대의 모습에 혀를 내두르지 않을 수 없었다.

그나마 2점을 따라잡은 것도 민혁의 드리블과 패스가 제대로 먹혔던 덕분…….

하지만 시간이 지날수록 아이치 FC의 수비력도 견고해져, 전반 35분을 넘어서고부터는 민혁의 전진이 어려워진 상태였다. 지난번 만났던 이치노미야와는 차원이 다른 수비력과 조직력이었다.

민혁은 고개를 돌려 상대방 벤치를 힐끗 보았다.

"그러니까……."

팀원들에게 전술을 설명하던 아이치 FC의 감독은 흠칫하며 전술 판을 감췄다. 아마도 핵심적인 사항을 설명하려 했던 모양이었다.

민혁은 피식 웃고는 고개를 돌렸다. 승기를 잡고 있는 팀의 감독이 저렇게까지 경계를 보인다는 건 경기가 뒤집힐 가능성이 낮지 않다는 이야기가 분명했다.

민혁은 그제야 여유를 찾을 수 있었다. 더불어 조금 전까지의 경기 내용도 머릿속에 떠올랐고, 수세에 몰린 상황을 해결할 방법도 머릿속에 그려지고 있었다.

"감독님."

"응?"

"포지션 바꿔도 돼요?"

"…지금 그걸 설명하고 있었다만."

로드리게스는 미간을 좁히며 민혁을 보았다. 도대체 무슨 생각을 했길래 뒷북을 치느냐는 표정이었다.

목덜미를 긁은 민혁은 로드리게스가 가리키는 전술 판을 보았다.

거기엔 민혁의 위치 변경과 DPL이라는 글자가 표시되어 있었다. 레프트윙에서 수비형미드필더 자리로 내려가 딥 라잉 플레이메이커 역할을 하라는 주문이었다.

"어, 거기까지 내려가야 돼요?"

"왜? 싫나?"

"아뇨. 한번 해보죠, 뭐."

민혁은 순순히 고개를 끄덕였다. 홀딩이나 앵커라면 몰라도 딥 라잉 플레이메이커라면 나쁘지 않았다.

'여차하면 올라가면 되니까.'

위치는 상당히 후방으로 처졌지만, 구장의 사이즈가 작은 걸 생각하면 오버래핑을 통한 공격 가담도 어렵지는 않을 터였다. 게다가 후방에서 시작하는 만큼 상대방의 집중 수비에서 벗어나는 것도 한결 편해질 터였고, 그 상태에서 달라붙는 수비들을 한 명씩 떨쳐내는 것도 자신 있었다.

한 가지 문제가 있다면 체력 소모가 많아질 거라는 점이랄까…….

"…됐어. 많이 뛰고, 물도 많이 마시지 뭐."

민혁은 승부욕을 불태웠다. 평소의 그에게서는 좀처럼 찾아보기 힘든 모습이었다. 그동안 만났던 상대들과 달리, 오늘 만난 아이치 FC가 개인의 능력만으로 상대하긴 힘든 수준의 강팀이란 점이 의욕을 이끌어내고 있었던 것이다.

로드리게스는 별일이라 생각하면서도 굳이 딴지를 걸지 않았다.

선수가 열심히 한다는데 기분이 나쁠 감독이 있을 리 없지 않은가.

"좋아, 그럼 윤은 그렇게 이동하고……."

그는 라이트윙을 맡은 강영훈과 골키퍼를 제외한 모두의 위치를 바꿨다. 보통 좌우를 바꾸거나 전진하는 높이 등을 교정한 것에 지나지 않았지만, 민혁은 그 미묘한 변화가 역습을 노리고 있는 배치임을 알 수 있었다.

'근데 모리사키 쟤는 왜 전방에서 빼냈지?'

설마 제로톱일까 싶었던 민혁은 스즈키의 중앙 배치에 입을 벌렸다. 정말 설마 했던 제로톱이었다.

물론 제로톱이 나오지 못할 이유는 없었다. 이 배치가 유명해진 건 펩 과르디올라의 바르셀로나에 의해서지만, 사실 이런 배치를 통해 성과를 거둔 건 1930년대의 오스트리아가 최초였고 그 이후에도 수많은 케이스가 존재하고 있었다.

1930년대. 오스트리아는 세계 최고의 축구 강국이었다. 그리고 그것을 가능하게 해준 게 바로 마티아스 진델라를 필두로 한 제로톱 전술이었다.

그로 인해 그가 속한 오스트리아 빈은 1930년대 유럽 최고의 팀으로 꼽힘은 물론, 오스트리아 국가대표팀도 70%에 육박하는 승률을 가진 최강의 팀이 될 수 있었다.

비록 월드컵에서는 개최국인 이탈리아의 더티 플레이와 심판의 편파 판정으로 4강에서 좌절하고 말았지만 말이다.

그 후에도 제로톱은 많은 효과를 발휘했다. 과르디올라의 바르셀로나보다 뛰어나다는 평가도 있는 매직 마자르의 히데구티라든가, 요한 크루이프 체제의 바르셀로나에서 뛴 미카엘 라우드럽, 그리고 AS 로마의 전설인 프란체스코 토티도 제로톱에서 활약한 선수들이었다.

"아, 토티가 제로톱으로 뛴 건 스팔레티 시절이니 아직 멀었구나."

"무슨 소리야?"

"혼잣말이니까 신경 쓰지 마."

민혁은 같은 팀 동료의 질문에 손사래를 치고는 로드리게스의 설명을 계속 들었다.

전술 변화의 골자는 역시나 제로톱이었다. 더불어 풀백의 전진을 조금 더 요구하고 윙어들의 미드필더화를 요구하는 내용도 있었다. 공격 시 최대한 많은 선수가 상대편 진영에 자리를 잡고 기회를 노리라는 의도가 분명했다.

"다 알아들었나?"

"네!"

"좋아. 그럼 한 가지만 명심하라는 의미에서 하고 싶은 말이 있다. 이건 내가 브라질 세리에 A에 속한 코리치바에서 리그 우승을 경험했을 때의 이야기인데, 그때 우리는 전반 8라운드까지만 해도……."

설명을 끝낸 로드리게스는 투 머치 토커의 자질을 발휘해 쓸데없는 이야기를 꺼냈다. 역시나 브라질에서 있었던 자신의 경기 경험이 그 내용이었는데, 다행히도 후반전을 준비하라며 다가온 대기심 덕에 민혁은 거기에서 벗어날 수 있었다.

"후……."

민혁은 아직도 귓가에 남은 듯한 로드리게스의 목소리를 떨쳐내려 노력하며 자리를 잡았다. 다른 건 다 좋은데 쓸데없는 말을 너무 많이 하는 게 문제였다.

상대 팀인 아이치 FC는 이미 준비를 끝내고 기다리고 있었다. 이기고 있는, 그리고 승기를 잡고 있다는 생각에서인지 여유가 흐르는 듯한 표정이 보였다. 민혁을 울컥하게 만드는 모습이었다.

'이겨야지.'

그 여유 넘치는 모습은 민혁에게 투쟁심을 불어넣었다. 지금까지도 대충대충 뛴 건 아니지만, 그래도 전력을 다했냐고 물으면 그렇다고는 할 수 없었다. 폭염에 지쳐 한두 발자국 더 뛸 수 있는 걸 포기한 적은 몇 번 있었으니까.

아이치 FC의 감독은 그런 민혁을 보며 미간을 좁혔다.

"…수비형미드필더?"

그는 당혹스럽다는 표정을 지우지 못했다. 아무리 멀티플레이어라도 어느 정도 한계는 있었다. 골키퍼를 제외한 모든 포지션을 수행할 수 있었던 루드 굴리트 같은 예외도 있긴 하지만, 그건 어디까지나 각 포지션의 수행 능력과 전술에 대해 경험이 쌓인 선수에게나 가능한 일이었다.

"무슨 생각이지?"

그는 소리를 지르며 선수들의 위치를 지정하는 로드리게스를 바라보았다. 아무리 자유분방한 브라질 사람이라지만 무슨 생각으로 저런 배치를 했는지 이해할 수 없었다.

'보면 알겠지.'

아이치 FC의 감독은 자신처럼 당황하는 선수들에게 수신호를 보냈다. 당황하지 말고 평소처럼 플레이를 이어가란 제스처였다.

그리고 잠시 후, 후반전이 시작되었다.

*　　*　　*

“패스!”

민혁은 왼쪽에서 들려온 소리를 무시하고 공을 끌었다. 패스가 더 나은 선택지긴 했지만 강영훈의 터치를 믿을 수 없었다. 다른 곳이면 몰라도 라인 바로 옆이라면 말이다.

“아, 진짜 안 움직이네.”

민혁의 입에선 짜증이 터졌다. 제로톱은 좋은데 그 역할을 수행해야 할 스즈키의 움직임이 문제였다. 위치는 잘 잡고 있지만 공이 오기만 기다리는 움직임에 속이 터질 지경이었다.

제로톱, 다시 말해 펄스 나인(False nine) 전술의 스트라이커는 2선 침투와 패스를 통해 공격을 원활하게 이끌어가는 역할을 하는 것도 중요했다. 스팔레티가 로마의 공격형미드필더였던 프란체스코 토티를 주요 공격수로 배치한 것도 직접적인 득점보다는 부가효과를 기대한 배치였고, 그것이 효과를 발휘해 토티 본인의 득점력도 올라갈 수 있었다.

그로 인해, 처음 제로톱에 선 토티는 그 시즌 리그 26골을 기록했다. 종전의 최고 기록보다 6개나 더 올라간 수치였다.

하지만 지금의 그램퍼스 주니어엔 그런 효과가 나타나지 않았다. 스즈키의 움직임이 지나치게 정적이란 부분이 문제였다.

“휴…….”

민혁은 근처에 있는 동료와 공을 주고받아 조금씩 전진하면서도 답답함을 느끼고 미간을 좁혔다. 로드리게스야 볼 배급을 고려해 자신을 이곳에 넣었겠지만, 스즈키의 답답한 움직임을 보자 자신이 제로톱으로 뛰고 싶다는 생각을 지울 수 없었다.

민혁은 수비를 끌어 내린 후 패스를 넣었다. 왼쪽 윙으로 자리를 옮긴 모리사키를 향한 롱패스였다.

모리사키는 가슴으로 공을 받은 후 드리블을 치려다 공을 흘렸다. 의욕이 넘친 탓에 일어난 참사였다.

"역습 조심해!"

민혁은 당황하며 소리 질렀다. 수비의 롱패스가 역습으로 이어지리라는 예감이 들었던 탓이다.

하지만 소리를 친 보람도 없이, 아이치 FC의 역습은 골로 이어졌다. 그 한 번의 롱패스가 최전방공격수의 헤딩을 거쳐 세컨 톱의 발밑으로 정확히 떨어졌고, 그 공이 골문 구석으로 빨려들며 골망이 출렁인 것이다.

"역시 안 되나……."

로드리게스는 이마를 짚은 채 고개를 저었다. 전방에서의 공격 작업과 후방에서의 볼 배급을 모두 잡으려 한 게 실책이었다. 스즈키의 패스도 나쁜 수준은 아니라 제로톱을 수행할 수 있을 것 같았지만, 전술적인 역할을 수행하지 못해서야 패스가 좋아도 소용이 없었다.

그는 어쩔 수 없음을 깨닫곤 하나를 포기했다. 스즈키를 불러들이고 미드필더를 보강한 후, 민혁을 제로톱으로 올려 보낸 것이다.

"톱으로 가라고?"

"그러시던데?"

민혁은 교체된 동료를 통해 로드리게스의 주문을 듣고는 고개를 갸웃했다. 제로톱으로 올라가는 건 좋은데 볼이 제대로 보급이 될까 싶어서였다.

물론 그램퍼스 주니어의 평균적인 수준이 나쁘지는 않았다. 하지만 이렇게 밀리는 상황에서 전방까지 공을 보낼 능력이 있다고는 생각하기 힘들었다. 물론 상대방의 수준도 아주 높진 않으니 세 번에 한 번 정도는 올 수 있겠지만, 조직력을 잘 갖춘 아이치 FC의 수비벽을 뚫을 수 있으리란 생각은 들지 않았다.

그런 고민에 고개를 돌린 민혁은 식은땀을 흘렸다. 자신을 보며 고개를 끄덕이는 로드리게스 때문이었다.

'결국 많이 뛰란 소리구나.'

민혁은 눈을 감고 신음을 흘렸다.

메시야 안드레아스 이니에스타와 사비 에르난데스, 그리고 다니 알베스가 노예처럼 뛰어준 덕분에 경기당 7㎞만 뛰고도 활약할 수 있었지만, 이곳엔 그런 수준의 선수들도 없을뿐더러 활동량도 그에 미치지 못했다.

하기야 어린 선수들이 지나치게 많이 뛰는 것도 문제가 있으니, 그런 걸 기대하면 안 되겠지만.

"2선까지만 내려가면 되겠지."

민혁은 한숨을 내쉰 후 경기에 집중했다. 일단 하는 데까지는 해볼 생각이었다.

공은 다시 천천히 굴렀다.

"여기!"

민혁은 공을 받자마자 들려온 소리에 미간을 좁혔다. 오프사이드 상황에서 공을 달라 외치는 모리사카의 모습에 자연히 나온 반응이었다.

그를 무시하기로 작정한 민혁은 잰걸음으로 공을 몰아 중앙을 돌파했다. 보폭을 줄인 탓에 속도는 줄었지만 세부적인 컨트롤엔 힘이 붙었다. 드라간 스토이코비치의 경기를 보고, 아주 빠르지 않더라도 타이밍만 빼앗으면 기회를 만들 수 있다는 걸 깨달은 덕분이었다.

"엇!"

민혁은 앞을 막아선 둘을 바보로 만들며 측면으로 빠졌다. 오른쪽 돌파를 생각했던 그들은 잘게 치고 나가다 방향을 바꾸는 민혁을 놓쳐 버렸고, 민혁은 순간적으로 보폭을 키워 속도를 올리며 질주했다. 골키퍼 앞엔 한 명의 수비만 남은 상황이 만들어진 순간이었다.

수비는 민혁의 상체 페인팅에 걸렸다. 민혁은 오른발로 공을 감아 차 골문 구석을 노렸고, 골키퍼는 당황하면서도 몸을 날림과 동시에 팔을 쭉 뻗었다. 제대로 된 골키퍼 코치에게 배운 듯한 동작이었다.

민혁의 슛은 골키퍼의 손에 아슬아슬하게 걸려 밖으로 벗어났다.

"와, 저걸 쳐내네."

모아시르는 자기도 모르게 입을 열었다. 중학생 레벨은 되어야 가능할 것 같은 선방이었다.

그러고 보면 아이치 FC가 허용한 두 골도 쉽게 얻어낸 점수는 아니었다. 한 골은 혼전 중에 얻어낸 골이었고, 한 골은 수비가 골키퍼의 시야를 가린 덕분에 들어간 중거리슛이었다. 골키퍼의 시야에 공이 들어온 상황에서 넣은 골은 없다는 이야기였다.

모아시르와 비슷한 시기에 그것을 깨달은 민혁은 혀를 내둘렀다. 아무리 U-12 레벨이라지만 전통적으로 골키퍼가 약한 일본에 이 정도의 선수가 있을 거라곤 생각도 못 했기 때문이었다.

'중간에 그만두기라도 하나?'

민혁은 고개를 갸웃했다. 벌써부터 저렇게 두각을 드러내는 골키퍼가 왜 성인 레벨에선 사라지는지 짐작이 되지 않았다. 골키퍼는 경험이 쌓일수록 능력도 쌓이는 포지션인 데다 지원자도 별로 없는 포지션이라, 저 정도의 선수라면 당연히 상위 레벨로 올라갈수록 두각을 내는 게 당연한 일이었다.

그런데 왜 일본은 장장 20년에 걸친 골키퍼 잔혹사를 맞이했단 말인가.

"뭐… 가와시마 에이지가 잠깐 반짝하긴 했지만."

기억을 더듬어본 그는 쓴웃음을 물었다. 정말 잠깐잠깐, 그러니까 2011 아시안컵을 제외하면 그다지 뛰어난 경기력을 보이진 못했던 선수가 일본의 수문장 가와시마였다.

당연한 말이지만, 다른 골키퍼들의 수준은 그보다 떨어졌다.

오죽하면 한국에서 욕만 죽도록 먹던 골키퍼가 J리그의 수호신이라고 불릴 정도였겠나.

그런 생각을 이어가던 민혁은 라인 밖에서 들려온 소리에 고개를 돌렸다.

"윤! 코너!"

"네?"

로드리게스는 오른쪽 코너플래그를 가리켰다. 코너킥을 차라는 이야기 같았다.

"저요?"

민혁은 고개를 끄덕이는 그를 보며 어깨를 으쓱했다. 코너킥 전담을 따로 정한 건 아니지만, 제로톱을 맡은 선수가 코너킥을 차는 일은 좀처럼 없기 때문이었다.

물론 자신에게 킥을 맡긴 이유는 이해할 수 있었다. 그램퍼스 주니어엔 신체적인 이점을 가진 선수가 둘이나 있었고, 그들에게 공을 정확히 전달할 수 있는 키커는 민혁 자신이니까.

'근데 뭔가 손해 보는 느낌이란 말야.'

민혁은 그렇게 중얼거리며 코너로 향했다.

* * *

아이치 FC의 골키퍼 미즈시마 유스케는 긴장한 표정으로 숨을 삼켰다.

'으, 괜히 한다고 했어.'

그는 지친 표정으로 코너킥을 준비하는 민혁을 보았다. 정말이지 오늘처럼 힘든 날은 처음이었다.

본래 그는 축구와 관계없는 사람이었다. 겨우 세 달 전까지만 해도 배구를 하던 학생이었고, 전학을 온 학교에 배구부가 없음을 알게 되어 좌절하다 같은 반 친구를 따라 아이치 FC라는 클럽에 들어온 게 축구를 하게 된 시작이었다.

그리고 그는 골키퍼를 택했다. 어차피 잠깐 하다 말 운동이라 생각했기에 인기 있는 포지션을 고집해 경쟁을 할 필요도 없었을뿐더러, 3년 동안 배구를 했던 경험을 살릴 수 있는 포지션도 골키퍼였다. 완전히 같지는 않지만 공을 쳐내고 받는 움직임 중엔 배구와 유사한 동작도 있었으니까.

그렇게 골키퍼를 선택한 미즈시마 유스케였지만, 그는 놀라운 선방을 선보이며 감독의 눈에 들어 레귤러가 되었고 이 자리까지 오게 되었다. 겨우 세 달 만에 일어난 일이었다.

"대회 끝나면 배구 클럽이나 찾아가야지."

미즈시마 유스케는 그렇게 되뇌며 시선으로 공을 좇았다. 상대인 그램퍼스 주니어의 공격수들이 장신이기에 긴장의 끈을 놓칠 수 없었다.

낮고 빠르게 날아들은 공은 강영훈의 머리 앞을 지나는 궤적을 그렸다.

강영훈은 공을 놓쳤다. 하지만 그 공은 그램퍼스 주니어 선수의 발아래 떨어졌고, 강영훈에게 신경을 쓰느라 타이밍을 놓친 미즈시마 유스케는 골을 허용해 버렸다. 4 대 3이 되는 순간이었다.

"골이 많이 나네요."

대회 주최 측 요원 중 하나가 말했다. 유소년 리그라고는 해도 보통 이렇게 골이 많이 나는 경우는 드물었다. 팀 간의 수준 차이가 많이 나는 경우는 10 대 0 같은 스코어가 나오기도 하지만, 양쪽 팀 모두가 다득점을 기록하는 경우는 별로 없었다.

그런 점을 생각하면, 오늘 있는 그램퍼스 주니어와 아이치 FC의 경기는 특이한 사례였다.

"그래도 이제 3분밖에 안 남았으니 끝났다고 봐야죠."

"그건 그러네요."

주최 측 요원들은 기록지에 내용을 적으며 시계를 보았다. 추가시간까지 고려해도 5분 정도면 끝날 것 같았다.

이후 경기는 평이하게 흘러갔다.

하지만 치열하지 않다는 뜻은 아니다. 그램퍼스 주니어는 한 점 뒤진 상황을 만회하기 위해 아이치 FC의 공을 뺏으려 달려들었고, 아이치 FC는 잘 갖춰진 조직력을 활용해 공을 돌리며 시간을 끌고 있었다. 단지 그 과정이 너무도 매끄러워 평이한 흐름으로 보였을 뿐이었다.

민혁의 표정은 점점 나빠졌다. 시간이 흐르는 게 눈으로 보이기라도 하는 것처럼 초조함이 짙어지는 순간이었다.

그러던 중, 아이치 FC의 미드필더진에서 균열이 일었다. 경기장 바닥의 이레귤러(지면 상태 이상)로 인해 패스가 조금 튀어버린 탓이었다.

그램퍼스 주니어는 공을 가로챘다.

그 공은 여느 때와 같이 민혁에게 향했다. 거의 3선까지 내려온 민혁은 간결한 드리블과 페인팅으로 상대방을 제친 후 페널티박스로 향했고, 아이치 FC의 최종 수비는 민혁에게 달라붙어 압박을 가했다.

수비를 뚫으려던 민혁은 비명을 지르며 바닥을 굴렀다. 공을 걷어내려던 발이 민혁의 오른쪽 정강이를 걷어찬 것이다.

"이거 아니에요!"

아이치 FC의 수비는 심판에게 달려가 손을 저었다. 하지만 심판의 시야 바로 앞에서 일어난 일이었고, 심판은 단호히 선수들을 밀어내며 PK를 선언했다.

그램퍼스 주니어의 벤치와 아이치 FC의 벤치는 서로 상반되는 반응을 보였다. 하지만 한 가지 확실한 건 PK가 선언되었다는 사실이었고, 그것이 번복될 것 같지는 않다는 점이었다.

모리사키는 PK를 준비했다. 그램퍼스 주니어의 선수들 중 킥 파워가 가장 센 것이 모리사키였기에, PK 키커는 그로 정해져 있었다.

아이치 FC의 골키퍼 미즈시마 유스케는 긴장을 느끼며 침을 삼켰다. 연습은 몇 번 해본 적 있지만 실전에서 PK를 막는 건 이번이 처음이었다.

하지만 그는 실전에 강한 타입이었다. 긴장은 금세 사라져버렸고, 두 눈은 강한 빛을 담은 채 모리사키의 발끝을 주시하고 있었다. 공을 내려놓은 모리사키가 움찔할 정도였다.

'저거 뭐야?'

모리사키는 고개를 저으며 숨을 몰아쉬고 땅을 박찼다. 반응도 못할 강슛을 날릴 속셈이었다.

그는 오른발로 공을 때렸다.

힘차게 뻗어 나간 공은 골문 구석을 향했다. 하지만 골키퍼는 방향을 미리 읽고 있었고, 쭉 뻗은 그의 손은 날아오는 공을 무사히 쳐냈다.

미즈시마 유스케는 환희를 느꼈다. 배구를 하던 시절 상대의 강스파이크를 완벽하게 받아낸 것보다 훨씬 큰 성취감이었다.

하지만 그 성취감은 오래가지 못했다.

그 성취감이 채 사라지기도 전에, 페널티박스로 달려 들어온 민혁이 그가 쳐낸 공을 골문에 밀어 넣은 것이다.

*　　　*　　　*

전 일본 U-12 축구 선수권대회 지역 예선의 결과는 도카이 지역의 지역 신문인 주니치 신문(中日新聞)에 짤막한 단신으로 언급되었다. 아이치와 미에, 그리고 기후 현을 기반으로 하는 주니치 신문인 탓에 그 세 지역에서 열린 대회를 외면할 수 없었던 덕분이었다.

[그램퍼스 주니어, 쾌조의 4연승으로 아이치 현 대표로 선발. 미에 현의 대표는 욧카이치(四日市), 기후 현의 대표로는 FC 히다(飛驒)가 선발되었다.]

기사에는 나오지 않았지만 아이치 현의 출장 팀은 하나 더 있었다. 전년도 대회 우승 팀인 관계로 지역 예선에 참가하지 않았던 FC 가리야였다.

'거기하고도 한번 붙어보고 싶긴 한데……'

민혁은 머리를 긁적였다. 두 번째로 만났던 아이치 FC를 제외하면 긴장을 느끼게 한 팀은 하나도 없었기 때문이었다.

그 힘든 경기를 연장 끝에 간신히 이긴 그램퍼스 주니어는 나머지 경기들에서도 좋은 성적을 기록, 민혁이 빠진 한 경기 무승부 외엔 전승을 기록해 아이치 현의 대표로 전국 대회에 출전하게 되었다.

전년도 전국 대회 우승 팀인 FC 가리야와 비교해도 손색이 없다는 평가를 들으면서.

"그러고 보니 벌써 12월이네."

민혁은 옷차림을 점검하며 중얼거렸다. 남쪽이라 그런지 별로 춥진 않지만 그래도 겨울은 겨울이었고, 값비싼 국제 배송료에 짐을 별로 가져오지 못했던 민혁에겐 옷이 별로 없었다.

그나마 방학을 맞이한 덕분에 외출을 적게 해도 된다는 게 다행이었다.

그램퍼스 주니어의 훈련을 제외하면 방 안에 틀어박혀 만화만 보는 신세가 됐다는 건 비극이지만.

아무튼 지금은 12월이었고, 월말엔 전 일본 U-12 축구 선수권대회 본선이 있었다. 크리스마스에 개막해 일주일 만에 끝나는, 하지만 경기 수는 만만찮은 대회였다.

전년도 우승 팀과 각 도도부현에서 뽑힌 대표들은 총 48개 팀이었다. 이들은 12개의 조로 나뉘어 리그전을 펼치고, 리그 결과에서 상위 2개 팀이 다음 라운드로 진출, 그리고 그 진출 팀은 다시 3팀으로 구성되는 8조의 리그전을 치른 후 토너먼트로 진출하는 식이었다.

한 가지 특이한 건 1라운드에서 탈락한 팀들이 리그전을 거쳐 토너먼트에 합류한다는 점이었다. 아마도 패자부활전이라는 개념인 것 같았다.

그램퍼스 주니어는 F 조로 편성되었다. 시즈오카 현의 대표인 시미즈 FC와 야마구치 현의 대표인 야마구치 SC, 그리고 이바라키 현의 대표인 히타치(日立)가 소속된 조였다.

로드리게스를 비롯한 코치진이 가장 경계하는 건 시미즈 FC 유소년이었다. 시미즈 FC 유소년 팀은 1977년부터 시작된 이 대회에서 무려 8번이나 우승을 거둬온 팀이었고, 준우승도 세 번이나 기록한 팀이었다.

그리고 작년 대회의 성적은 3위.

과연 축구 왕국 시즈오카를 대표하는 팀이었다.

"근데 왜 시즈오카가 축구 왕국이지?"

민혁은 고개를 갸웃했다. 그로서는 알 수 없는 이야기였다.

하지만 일본의 축구인들 사이에선 당연스레 받아들여지는 이야기였다.

시즈오카의 축구 사랑은 오래된 일이었다.

일본 자치단체 중에서는 가장 처음으로 해외 원정을 기록한 현이 바로 시즈오카였다. 그것도 패전의 상처에서 갓 벗어난 1960년대의 일이었고, 그 후로도 지속적으로 축구에 대한 관심을 기울여 일본 축구의 성지를 넘어 축구 왕국이라는 별명을 가지게 되었다.

단적으로, J리그에서 뛰는 축구선수의 출신만 생각해도 그랬다. 연도에 따라 약간씩 차이는 있지만, 출신 지역별로 선수들의 숫자를 체크하면 시즈오카가 1위를 차지하는 경우가 대부분이었다.

게다가 시즈오카는 무려 인구의 1.5%가 '현역' 축구선수로 등록된 지역이었다. 물론 세미프로나 아마추어까지 포함한 수치였지만, 그래도 4만 명 이상의 인원이 축구선수로 활동한다는 이야기였다.

그런 곳이 축구 왕국이 아니면 무엇이겠는가.

그만큼 시즈오카의 야구 성적은 별로 좋지 못했다. 센바츠(봄 고시엔)를 포함해도 겨우 4번의 우승을 기록하고 있을 정도로 말이다.

물론 단 한 번도 우승을 하지 못한 현도 15개나 되는 만큼 야구가 아주 약하다고는 할 수 없지만, 축구와 비교하면 아무래도 손색이 있었다.

"윤!"

"응?"

민혁은 자신을 부르는 소리를 듣고 고개를 돌렸다.

그를 부른 건 그램퍼스 주니어의 수비수 하라구치 와타루였다. 그렇게 친하지는 않아 대화를 나눈 적은 별로 없지만, 굳이 무시를 할 이유도 없었다.

"왜?"

"뭐 하나 부탁 좀 해도 돼?"

"부탁?"

민혁은 의외라는 표정을 지었다. 평소에 그다지 접점도 없던 그가 꺼내기엔 다소 새삼스런 이야기였다.

"뭔데?"

"드리블 좀 가르쳐 줘."

"드리블? 갑자기 왜?"

"그게……."

하라구치는 주변을 한 차례 둘러본 후 입을 떼었다. 얼마 전 사귀게 된 여자 친구가 있는데, 이번 대회에서 멋진 모습을 보여주고 싶다는 게 부탁의 이유였다.

'5학년이 벌써 여자 친구라니…….'

그런 생각을 하던 민혁은 왠지 모를 패배감을 느꼈다. 도대체 자신은 무얼 하고 있는가 싶어서였다.

하지만 여자 친구를 만들 생각이 있느냐 하면 그것도 아니었다. 지금 나이에 맞는 여자 친구를 만들었다간 로리콘이 된 것 같은 느낌이 들 게 뻔한 것이다.

"근데 왜 나야? 감독님이나 코치들한테 가르쳐 달라고 하면 되잖아."

"이왕이면 비밀로 하고 싶어서. 코치님들한테 가르쳐 달라고 하면 다들 알 거 아냐."

"하긴."

민혁은 납득했다. 비밀리에 훈련을 하려면 감독이나 코치에게 조언을 구하는 건 불가능했고, 그렇다면 자신을 찾는 게 당연한 일이었다. 그램퍼스 주니어에서 가장 기술이 뛰어난 선수가 민혁이니 말이다.

"뭐, 못 가르쳐 줄 건 없는데……."

"배울 때마다 점심 살게."

귀찮음에 거절하려던 민혁은 말을 멈췄다. 잠깐 봐주고 점심을 얻어먹는다면 손해 볼 게 없었다.

"대회까지 2주 남았잖아. 그럼 대충 생각해도 몇 천 엔은 들 텐데?"

"그 정돈 괜찮아."

하라구치는 정말로 개의치 않는 것 같았다. 하기야 버블 경제가 가라앉았다고는 해도 경기가 아예 침체되려면 20년은 더 지나야 했으니, 적당한 중산층이라면 부담이 되지는 않을 터였다.

"나야 나쁘진 않지."

"그럼 오늘부터 하는 거지?"

"그래, 그럼."

민혁은 대충 고개를 끄덕인 후 말을 이었다. 오늘 훈련이 끝난 후 30분 정도만 봐주겠다는 내용이었다.

하라구치는 그 제안을 받아들였다. 30분이라고는 해도 일대일 집중 훈련이라면 점심값을 내는 게 아깝지 않았다.

그로부터 두 시간 후.

팀 훈련을 마친 민혁과 하라구치는 다른 선수들이 다 떠난 훈련장에서 연습을 시작했다.

“일단 리프팅 먼저 해봐.”

“그걸?”

“기본이 어느 정도 되는지 알아야 되니까.”

하라구치는 입을 삐죽이면서도 리프팅을 선보였다. 아주 좋다고는 할 수 없지만 나쁘지 않은 수준은 되었다. 민혁으로서는 다행스런 상황이었다.

“드리블 시작해도 되겠네. 터치가 아주 나쁘지는 않으니까.”

“그렇지?”

“그럼 일단 가볍게 이것부터 해봐.”

민혁은 간단한 움직임을 보여주었다. 라이언 긱스가 선보인 간결한 드리블에 이은 턴(Turn) 동작이었다.

잠시 후. 민혁은 의외라는 표정을 지었다.

하라구치는 의외로 재능이 있었다. 수비수로 플레이를 하는 이유가 궁금할 정도로 말이다.

보통 축구를 시작하는 아이들은 공격수를 지망한다. 그리고 경쟁을 거쳐 도태되면 미드필더나 수비로 내려가고, 거기에 순응해 포지션에 적응하거나 축구를 그만두게 마련이었다.

물론 처음부터 수비수를 지망하는 선수가 없는 건 아니었다. 하지만 진지하게 축구를 하려는 선수들 중에선 백에 하나나 될까 말까 한 수준이었다.

수비수로 발롱도르를 수상한 칸나바로도 공격이 어정쩡하다는 이유로 수비수라는 포지션을 받았음을 생각해 보면 알 수 있는 일이었다.

'말디니도 유스 초반엔 공격수를 하려고 했던 것 같은데……'

잠깐 기억을 더듬던 민혁은 공을 놓치는 하라구치를 불러 무릎의 움직임을 지적해 주었다. 지역 클럽에 있을 때부터 수비수를 해온 탓인지 공을 걷어내는 듯한 움직임이 나오는 게 문제였다.

때문에 턴으로 이어지는 마무리에서 공을 흘리는 상황이 연속으로 나왔고, 민혁은 우선 속도를 조절하며 동작을 익히는 방향을 권유했다. 어차피 느린 속도로는 실전에서 쓰지 못하는 동작이지만, 느린 속도에서라도 성공을 해야 실전에서의 사용을 기대할 수 있었다.

"일단 이거랑 침투만 연습하자."

"침투?"

"나랑 패스 주고받으면서 들어와서 슛하는 거. 기간이 2주밖에 없으니까 더 이상은 무리야. 어차피 그거 두 개만 연습해서 써먹으면 충분하잖아?"

고민하던 하라구치는 고개를 끄덕였다. 어차피 여자 친구에게 멋진 모습을 보여주자는 게 목표였으니 일종의 필살기만 있으면 충분했다.

"좋아, 그럼 일단 이렇게……."

* * *

모리사키는 위기감을 느끼고 있었다. 최근 하라구치의 움직임이 묘하게 공격적이 된 까닭이었다.

하라구치는 모리사키가 가진 공격수로서의 장점을 모두 가지고 있었다. 큰 키와 빠른 발, 그리고 몸싸움까지 모두 밀리지 않았다. 물론 하라구치는 수비수인 까닭에 그 공통점엔 아무런 의미도 없었지만, 최근 그가 보이는 움직임과 로드리게스의 눈빛을 떠올리면 가끔씩 불안해지는 모리사키였다.

그런 위기감은 강영훈 역시도 느끼고 있었다.

그가 가진 장점도 모리사키와 같은 큰 키와 속도였고, 기술적인 부분을 약점으로 한다는 점도 다르지 않았다. 그런 상황에서 같은 장점에 기술적인 부분도 보강된 선수가 나타난다는 게 좋을 까닭이 없었다.

유스 레벨에서는 그들이 가진 장점이 단점보다 큰 효과를 발휘한 덕분에 공격수라는 포지션을 유지할 수 있었지만, 만약 하라구치가 포지션을 변경해 포워드가 된다면 자리를 뺏길지도 몰랐다.

"저거 요즘 뭐 잘못 먹었나?"

"이상하지?"

모리사키와 강영훈은 서로를 바라보며 이야기를 꺼냈다.

"갑자기 터치랑 드리블이 좋아졌단 말야."

"공격 상황에서 뛰어 들어오는 것도 그렇고……."

"걔 지난번에 두 골 넣었지?"

강영훈은 얼마 전 있었던 연습경기를 떠올리며 말했다. 기후 현 예선에서 탈락한 FC 하시마(羽島)와의 경기였다.

경기는 5 대 1이라는 스코어로 끝났다. 그리고 그중 두 골이 바로 하라구치가 기록한 득점이었다. 하나는 코너킥 상황에서 이어진 세트피스 골이니 이상하지 않지만, 다른 하나는 중앙으로 올라왔던 하라구치가 전방으로 올라간 민혁과 패스를 주고받으며 만들어낸 필드골이었다.

웬만한 연습으로는 하기 힘든 패스와 무브먼트에 이은 환상적인 골.

기술에 약점이 있는 모리사키와 강영훈으로서는 위기를 느끼지 않을 수 없었다.

"설마 공격수 하겠다고 하는 거 아냐?"

모리사키는 짐짓 허세를 떨었다.

"하라면 하라지. 어차피 우리보단 스즈키나 윤이 더 걱정해야 할 텐데."

"스즈키는 그렇다 쳐도 윤은 걱정 안 할걸."

모리사키는 인상을 썼다. 강영훈의 말이 틀리지 않음은 알지만 인정하고 싶지 않아서였다.

"그러고 보니 훈련 끝나고 안 나가는 것 같지 않았어?"

"…그러네?"

모리사키와 강영훈은 지난 열흘간을 되짚어보며 미간을 좁혔다. 생각해 보니 하라구치가 자신들보다 먼저 훈련장을 떠나는 걸 보지 못한 느낌이었다.

잠시 기억을 더듬던 그들은 눈빛을 교환하고는 훈련장으로 되돌아갔다.

*　　*　　*

"많이 좋아졌네."

민혁은 하라구치가 들고 온 타코야키를 먹으며 중얼거렸다. 정말 왜 수비를 했는지 이해가 안 될 정도로 공격적인 재능이 보이는 애였다.

"야!"

"응?"

민혁과 하라구치는 고개를 돌렸다. 15세 이상 팀이 훈련에 들어가는 건 2시간 후의 일이기에, 이 시간엔 아무도 오지 않는 게 정상이라 조금은 놀라기도 했다.

모습을 드러낸 건 모리사키와 강영훈이었다.

"뭐 하는 거야?"

"아니, 저, 그게……."

당황한 하라구치는 횡설수설하던 끝에 사실을 실토했다. 이럴 거였다면 굳이 비밀로 하려고 할 필요가 없지 않나 싶은 느낌이 든 순간이었다.

잔뜩 경계심을 세웠던 모리사키와 강영훈은 금세 그 경계심을 잊어버리곤 입을 열었다. 화제는 당연히 하라구치의 여자 친구에 대한 부분으로 넘어갔고, 민혁은 흥분해 대화를 이어가는 셋을 보고는 어깨를 으쓱하며 리프팅을 시작했다. 아무래도 저런 주제에 끼어드는 건 어색하기 짝이 없었다.

그렇게 잡담으로 보내는 시간이 10분에 달할 즈음, 강영훈은 지나가듯 본심을 꺼냈다.

"그럼 공격으로 올라올 생각은 없는 거지?"

"응."

하라구치의 대답은 모리사키와 강영훈을 안심시켰다. 아직 속내를 감추는 데 익숙할 나이는 아니어서인지, 두 사람의 얼굴엔 미묘한 안도가 스치고 있었다.

'안심하면 안 될 텐데.'

민혁은 속으로 실소를 물었다. 지금이야 그냥 여자 친구에게 잘 보이려고 연습하는 거라지만, 만약 하라구치의 변화가 좋은 결과를 가져온다면 그램퍼스 주니어의 코치진은 하라구치를 포워드로 쓰려고 할 게 분명하니까.

"그런 거면 우리한테도 말을 했어야지."

"그러게."

모리사키와 강영훈은 투덜거렸다. 하라구치로서는 식은땀만 흘리게 만드는 반응이었다. 이 상황에서 너희 둘이 도움이 될 것 같지는 않았다고 말할 수는 없었다.

그러던 강영훈은 민혁을 돌아보며 입을 열었다.

"근데 넌 걱정도 안 했냐?"

"걱정?"

"포지션."

잠시 의아해하던 민혁은 의미를 깨닫고 피식 웃었다. 하라구치에게 포지션을 빼앗길지도 모르는데 훈련을 봐주기까지 한 이유가 뭐냐는 질문일 게 뻔했다.

"딱히 걱정 안 했는데?"

"또 잘난 척이냐?"

모리사키는 짜증을 터뜨렸다. 경쟁심에서 비롯된 열등감 때문이었다.

"딱히 그건 아닌데."

"그럼?"

민혁은 어깨를 으쓱하며 입을 열었다.

"경쟁 같은 건 생각할 이유가 없지. 나야 1년만 있다가 떠날 거니까."

"…뭐?"

*　　*　　*

민혁이 생각 없이 한 말은 로드리게스를 거쳐 아르센 벵거에게 전해졌다. 현재 민혁의 후견인이 되어 있는 사람이 아르센 벵거였기 때문이었다.

"음……."

벵거는 약간의 배신감도 느끼고 있었다. 자신이 추천해 그램퍼스에 들어온 민혁이 한마디 말도 없이 이적을 고려하고 있었을지도 모른다는 생각이 들어서였다.

게다가, 내용에 따라서는 민혁에게 주어지는 장학금 등도 전부 중단될 수도 있는 일이었다. 그램퍼스가 민혁에게 장학금을 지급하는 이유는 어디까지나 미래에 대한 투자였기에, 민혁이 중간에 그램퍼스 주니어를 떠날 예정이라면 더 이상 그럴 이유가 없었다.

민혁도 그걸 모르지 않았다. 때문에 섣불리 입을 열어버린 것에 당황도 했지만, 벵거와 면담이 잡혔다는 점은 긍정적이었다. 잘하면 고민하던 부분이 해결될지도 몰랐기 때문이었다.

벵거는 깍지 낀 손을 무릎에 올리며 입을 열었다.

"1년만 있겠다는 게 무슨 소린지 궁금하구나."

민혁은 긴장을 지워내며 질문에 답했다.

"감독님 따라가려고요."

"뭐?"

벵거는 고개를 갸웃거렸다. 도대체 그게 무슨 말인지 모르겠다는 표정이었다.

"런던 가실 거잖아요."

민혁은 당연하지 않냐는 태도로 말했다.

올해 초인 1995년 2월.

아스날은 성공적으로 직책을 수행하던 감독을 잃었다. 감독이었던 조지 그레이엄이 1992년의 선수 영입 과정에서 42만 5천 파운드의 뇌물을 받았음이 밝혀졌고, 잉글랜드 FA가 그에게 1년의 자격정지를 내려 그를 해고할 수밖에 없었기 때문이었다.

사령탑을 잃은 아스날은 그레이엄의 후임으로 요한 크루이프를 점찍고 교섭에 들어갔다.

하지만 바르셀로나에서 드림 팀을 이끌던 크루이프는 아스날의 제안을 단칼에 거절했고, 전전긍긍하던 아스날의 힐우드 회장은 아르센 벵거를 고용하라는 데이비드 딘의 제안을 거부하고 브루스 리오치를 선임했다. 벵거와 런던의 레스토랑에서 면담까지 거쳤지만 확신을 가질 수 없었던 탓이었다.

하지만 1년 후. 그러니까 지금 시점에서는 9개월 후에 드러나게 되는 결과는 나빴다. 선수단이 감독을 무시하기도 했던 데다가, 그 일로 인해 스쿼드를 전부 갈아 치울 작정을 한 리오치가 요구한 영입 자금이 아스날이 책정한 금액과 차이가 컸기 때문이었다.

그 무렵, 벵거는 잉글랜드 국가대표 감독직을 제의받는다. AS 모나코 시절의 제자였던 글렌 호들의 제안이 잉글랜드 FA의 검토를 거쳐 통과된 덕분이었다.

하지만 벵거는 그 제안을 거절해 버린다. 국가대표보다는 클럽 팀 감독을 하고 싶다는 이유였다.

그 사실을 알게 된 아스날은 마침내 벵거에게 감독직을 제안한다.

그것이 바로 96년 7월…….

지금으로부터 정확히 9개월 후였다.

"런던?"

벵거는 영문을 모르겠다는 표정을 지었고, 민혁은 어깨를 으쓱하며 말했다.

"아스날에서 감독직 제의하지 않았어요?"

"응?"

벵거는 놀랐다. 나고야 스태프도 모르는 일을 민혁이 어떻게 알았는지 궁금하다는 표정이 얼굴에 가득 떠올라 있었다.

"나고야 회장을 제외하곤 아무도 모르는 일인데, 네가 그걸 어떻게 알았지?"

"아……."

민혁은 머리를 굴렸다. 자신이 과거로 회귀를 한 사람이라 알고 있다고는 말할 수 없기 때문이었다.

다행히 쓸 만한 답변은 금방 나왔다.

"PC 통신에서 봤어요. 런던에서 힐우드 회장이 누굴 만나고 있다는 글이 있었는데, 그때가 감독님이 자리를 비우셨을 때거든요."

"나라는 건 어떻게 알고?"

"키가 엄청 큰 사람이라고 했으니까요. 아스날 회장이 만날 만한 사람인데 영국에서 유명하지는 않은 사람이면 감독님밖에 없다고 생각했죠."

"어째서?"

"감독님은 바이에른 뮌헨에서도 영입을 하려고 했었잖아요. 나고야 오시기 조금 전에요. 그러니까 아스날에서 감독님을 영입하려고 한다고 생각한 거죠."

벵거는 감탄했다. 민혁 또래의 소년이 가질 만한 정보력이라기엔 너무도 정확하고 광범위했다.

하지만 PC 통신을 통해 정보를 얻었다는 말은 그럴듯했다. 벵거 자신은 아직 적응하지 못했지만, 젊은 코치들이나 선수들의 이야기를 들어보면 별의별 이야기가 다 나돌아 다닌다고 했으니 말이다.

"그렇구나."

벵거는 민혁의 이야기에 고개를 끄덕였다.

그러나 아스날행은 이미 끝나 버린 이야기였다.

"안타깝게 됐구나."

"네?"

벵거는 씁쓸한 기색으로 말을 이었다.

"아스날과의 계약은 깨졌단다. 리오치 감독이 선임됐거든."

"금방 또 오겠죠. 바로 그 아스날에서요."

민혁은 어깨를 으쓱해 보였다. 틀림없이 그럴 거라는 확신이 섞인 모습이었다.

그를 본 벵거는 몇 달 전의 일을 떠올리며 쓴웃음을 물었다.

아스날의 힐우드 회장은 면담까지 마친 벵거를 제쳐두고 브루스 리오치를 선임했다. 볼턴 원더러스의 감독으로 있으면서 수많은 빅클럽을 격파한 명장으로 주가가 높아지던 리오치는 자이언트 킬링(Giant Kinlling)이라는 말은 자신을 위해 있는 거라고 말하는 듯한 활약을 연거푸 펼쳤고, 그것이 아스날 보드진의 마음을 사로잡은 것이다.

사실 벵거로서도 어느 정도 납득은 되는 판단이었다. 지금까지 단 한 번도 외국인 감독을 선임한 전례가 없던 아스날인데다, 이제 막 나고야에 부임한 자신을 빼 가는 것도 모양새가 좋지 않다 판단했을 테니까.

그래도 아쉬운 건 아쉬운 거였다.

"그랬으면 좋겠구나. 하지만 다른 팀이라면 몰라도 아스날은 힘들 거야."

"그럼 내기하실래요?"

"내기?"

"내년에 아스날에서 제안이 오면 저도 따라갈게요."

벵거는 웃었다. 말도 안 되는 소리였지만 기분은 좋았다.

"그래. 아스날에서 다시 제안이 오면 널 꼭 데리고 가마."

민혁은 만족했다. 내년에 벵거를 따라 아스날로 가야겠다는 생각은 가득했지만 뾰족한 방법이 없어 고민하던 터였기 때문이었다.

"그럼 그걸 염두에 두고 1년만 있겠다고 한 거였구나."

"네."

"그래, 알았다."

벵거는 고개를 끄덕이며 자리에서 일어났다. 결론이 난 이상 시간을 오래 끌 이유는 없었다. 그 역시도 1월 1일에 열리는 천황 컵 결승전을 준비해야 했으니 말이다.

"주니어 팀 감독에게는 적당히 이야기해 두마."

* * *

로드리게스는 묘하게 불편한 느낌을 받았다. 벵거에게 들은 내용대로라면야 별문제 없지만, 왠지 민혁이 정말로 그램퍼스 주니어를 떠날 것 같다는 예감이 들었던 것이다.

하지만 당장 문제가 될 일은 아니었다. 어쨌거나 그램퍼스 주니어의 목표는 전 일본 U-12 축구 선수권대회 우승이었고, 그 결말은 1주일 후면 결정될 터였다.

적어도 그때까지는 민혁이 있을 터.

그로서는 그것만 확인하면 충분했다.

'팀 내부 정리는 좀 해야겠군.'

로드리게스는 모아시르를 불러 팀 단속을 부탁했다. 애들끼리 생각 없이 한 말이라지만 분위기가 뒤숭숭해질 가능성은 충분히 있었다.

부탁을 받은 모아시르는 그램퍼스 주니어의 훈련장으로 들어왔고, 언제나처럼 개인 훈련을 하고 있는 민혁을 발견하고 다가가 투덜거렸다.

"뭐 그런 쓸데없는 이야기를 하고 그래?"

"그러게요."

민혁은 뒤늦은 반성을 해보았다. 물론 덕분에 아스날로 가게 될 길이 열리긴 했지만, 그래도 당분간 귀찮은 일에 휘말릴 건 분명해 보였다.

모아시르는 머리를 긁으며 훈련장을 보았다. 이걸 도대체 어떻게 수습해야 하나 싶어 하는 표정이었다.

그러던 그는 문득 든 의문을 입에 담았다.

"근데 넌 감독님 간다고 확신하는 것 같다?"

"내년이 아니라도 언젠간 가시겠죠. 모나코에서 리그 우승도 하고 컵대회도 우승한 유능한 감독을 유럽에서 그냥 놔두진 않을 테니까요."

"하긴."

모아시르도 민혁의 말에 공감했다. 나고야로 오기 전 바이에른 뮌헨에게서 감독 제의를 받았던 사람이 바로 아르센 벵거였다. 그땐 모나코의 방해로 계약이 성사되지 않았다지만, 바이에른 뮌헨이 탐을 낼 정도의 감독이 세계 축구계의 변방에 머물러 있을 가능성은 낮지 않은가.

"근데 안 가시면?"

"감독님 안 가시면 저도 여기 남는 거죠. 어차피 제 후견인이 감독님이잖아요."

모아시르는 고개를 끄덕였다. 비록 나고야에서 민혁을 지원하고 있는 건 분명하지만, 그 지원의 이유는 벵거 감독의 요청에 따라 이루어지고 있었다. 그러니 벵거 감독이 그램퍼스를 떠난다면 민혁에 대한 지원도 불확실해질 가능성이 없지 않았다.

비록 민혁이 그램퍼스 주니어의 에이스라고는 하지만, 이 나이대의 유소년들의 미래에 대해선 확신을 가질 수 없었다. 잘 나가던 유망주가 성장하면서 순식간에 망하는 일은 드물지 않기 때문이었다.

그렇다면 민혁으로서는 벵거를 따라 다른 구단으로 가려는 게 당연할 터였다.

"진짜 완전 애늙은이라니까."

"뭐가요?"

"아니다."

고개를 저은 모아시르는 문득 유럽과 일본, 그리고 한국의 유소년 시스템에 대해 생각해 보았다.

'하긴, 일본보다는 유럽에서 뛰는 게 훨씬 낫겠지.'

일본의 유소년 시스템은 동시대 한국보다 훨씬 나았다. 프로리그 자체는 일본보다 10년이나 일찍 시작한 K리그가 그만큼 앞서 있지만, 단순히 학원 축구에 기댄 한국의 유소년 시스템보다는 브라질의 시스템을 이식한 J리그 유스가 그 이상으로 발전된 상태였다.

아마도 10년 후엔 일본이 한국을 능가하게 될 것.

이것은 일본은 물론 한국 축구계에서도 어느 정도 인정하고 경계하는 부분이었다. 실제로도 나카타 히데토시가 등장한 1996년 이후로는 한국과 일본의 평가가 잠시 뒤바뀌었고, 엄청나게 차이가 벌어졌던 상대 전적도 놀랄 만한 속도로 좁혀져 갔다.

만약 2002년 월드컵을 앞두고 히딩크 감독이 부임하지 않았더라면 일본 축구가 한국 축구를 넘어서게 되었을 터였다.

물론 아직은 일어나지 않은, 그리고 어쩌면 일어나지 않을 일이지만 말이다.

'…아무래도 힘들 것 같은데.'

모아시르는 일본이 한국을 넘어서리라는 생각을 머리에서 지웠다.

물론, 민혁이 원인이었다.

*　　*　　*

본선 첫 상대인 야마구치 SC와의 경기는 5 대 1 완승으로 싱겁게 끝났다. 축구 인기가 없는 지역이라 그런지 선수들의 수준도 높지 않았고, 어쩐지 코치진의 열의도 떨어져 보였다.

그들은 3 대 0으로 지고 있는 상황에서도 교체를 통한 변화를 고려하기보다는 뛰고 있는 선수들을 윽박지르기 바빴다. 순간 한국 학원 축구를 상대로 뛰고 있는 건가라는 의심마저 들었을 정도였다.

"수고했다."

로드리게스는 샤워를 마치고 나온 선수들을 격려한 후 버스에 올랐다. 도쿄 도(都) 남부에 마련된 다음 경기 장소로 향하는 버스였다.

버스에 올라탄 민혁은 뒷자리에 앉아 눈을 감았다. 겨울치고는 따뜻한 날씨였지만 샤워를 마치고 나오면 한기가 느껴지는 기온이었다.

자칫 잘못하다간 감기가 걸릴지도 모르는 일이라, 민혁은 가져온 옷을 한 겹 더 껴입고 몸을 움츠렸다. 체온을 보존하기 위해서였다.

"자냐?"

민혁은 대답하지 않았다. 굳이 떠들어 체력을 낭비하고 싶지 않았다.

어깨를 으쓱한 모리사키는 맨 앞에 앉은 로드리게스를 향해 고개를 돌리며 질문을 꺼냈다.

"다른 곳은 어떻게 됐어요?"

"시미즈가 이겼다. 2 대 0으로."

로드리게스는 소형 라디오를 들어 보이며 입을 열었다. 라디오를 통해 들었다는 이야기였다.

'역시.'

민혁은 희미하게 고개를 끄덕였다. 예상했던 대로였다.

"특이한 건 우츠노미야 주니어가 4 대 0으로 졌다는 건데……."

"그게 뭐가 이상한데요?"

"작년 준우승 팀이거든."

우츠노미야 주니어는 토치기 현 대표로 출장한 팀이었다. 작년엔 아이치 현 대표에게 패배해 준우승에 머물긴 했지만, 2 대 1이라는 스코어가 말해주듯 두 팀의 수준 차는 거의 없었다.

"그냥 팀원이 바뀌어서 그런 거 아니에요? 작년에 준우승한 형들 다 빠졌을 거잖아요."

"그럴 가능성도 있지."

"어디하고 했는데요?"

가만히 듣고만 있던 민혁이 입을 열었다. 아무리 그래도 현 대표로 나올 정도면 강팀이란 이야기였고, 그런 강팀을 4 대 0으로 이겼다는 건 가볍게 볼만한 내용이 아니었다.

로드리게스는 곧바로 입을 열어 답했다.

"가시와 레이솔 유스."

"프로 팀 산하네요."

"그렇지."

"그럼, 뭐……."

민혁은 별일 아니라는 듯이 어깨를 으쓱였다. 그램퍼스 주니어가 그랬듯, 프로 팀 산하로 출전한 팀이라면 지역에서 손꼽히는 인재들만 모았을 게 분명했다.

그 생각은 조금도 틀리지 않았다. 가시와 레이솔은 2년 전인 1993년에 산하 유스 팀을 구성했는데, 그 유스 팀은 4개의 직속 유스와 8개의 교류 구단으로 이루어진 대규모 연합이었다. 심지어 가시와 레이솔 얼라이언스라는 별칭까지 있을 정도로 말이다.

"우리도 5 대 1로 이겼잖아요."

"음."

로드리게스는 반론을 제기하려다 입을 닫았다. 그램퍼스 주니어에게 패한 야마구치 SC와 가시와 레이솔에게 패한 우츠노미야 주니어는 차이가 크다고 말하고 싶지만, 굳이 그런 말을 꺼내서 선수들의 사기를 꺾고 싶지 않았다.

'어차피 지금 당장 상대를 할 것도 아니니까.'

그는 조용히 고개를 끄덕였다. 언젠가 마주치게 될 가능성은 충분하지만, 그걸 굳이 여기서 지적할 필요는 없었다.

"좋아. 어차피 한참 후에 만날 상대니까 벌써 신경 쓸 필요는 없지. 만날지, 못 만날지도 모르고 말이야."

"결승까지 올라오면 만나게 되겠죠."

"자신감 넘치는 건 좋은데, 자만은 하지 마라."

민혁은 웃었다.

그로부터 세 시간 후.

그램퍼스 주니어는 도쿄 남부에 위치한 경기장에서 상대 팀을 맞이했다. 시미즈에게 패배한 히타치가 상대였다.

"독이 잔뜩 올랐네."

민혁은 전의를 불태우는 히타치 선수들을 발견하곤 고개를 저었다. 상대 팀 선수들이 지나치게 의욕이 넘치는 것 같은 느낌이라, 아무래도 부상에 주의를 해야 할 것 같았다.

그러던 민혁은 우울함에 빠진 하라구치를 보고는 의아한 표정으로 다가가 물었다.

"여자 친구 온다며? 근데 표정이 왜 그래?"

"안 왔어……."

하라구치는 좌절한 표정을 보이다 얼굴을 감쌌다. 온다던 여자 친구가 안 온 게 충격인 모양이었다.

잠시 할 말을 잃었던 민혁은 하라구치의 어깨를 토닥이며 말했다.

"걱정 마. 결승전엔 오겠지."

"신칸센 비싼데… 올까?"

"안 오면 어쩔 수 없지."

하라구치는 한층 더 우울함에 빠졌다. 빈말로라도 올 거라는 말을 듣고 싶었던 모양이었다.

"그래도 힘내. 대충대충 하다간 여자 친구 왔을 때 벤치에서 시작하게 될지도 모른다고."

"…그렇겠지?"

침울해 있던 하라구치는 가까스로 힘을 냈다. 여자 친구가 찾아올 가능성에 대해선 스스로도 회의적이었지만, 그래도 그 낮은 가능성이 실현되었을 때 벤치에 앉아 있긴 싫었다.

그가 막 각오를 다지고 있을 때, 주변을 두리번거리며 다가온 모리사키가 입을 열었다.

"여자 친구 온다며? 어디에 있어?"

"……."

* * *

"윤! 패스!"

민혁은 소리가 난 곳으로 공을 돌렸다. 히타치의 압박을 벗어나기 위한 선택이었다.

상대 팀인 히타치는 끈끈한 수비력을 발휘했다. 시미즈 FC에게 두 골이나 헌납했다는 걸 납득하기 힘들 정도의 수비력이었다.

히타치가 그램퍼스 주니어의 핵심인 민혁을 집중적으로 마크하고 있다는 점도 그램퍼스 주니어의 공격이 쉽지 않은 원인이겠지만, 그보다는 수비들의 조직력과 지역에 대한 방어가 혀를 내두를 정도로 수준이 높았다.

'이거 완전 카테나치오네.'

민혁은 히타치의 수비를 보며 고개를 저었다.

히타치의 감독은 3백에 리베로가 포함된 방식의 카테나치오를 적용하고 있었다. 1960년대에 AC 밀란을 이끌던 감독인 네리오 로코가 쓰던 방식이었다.

이는 수비시 미드필더 한 명이 센터백처럼 내려와 4백을 구성하고 리베로가 그 후방을 받치는 전술이었는데, 리누스 미헬스와 요한 크루이프의 토털 풋볼에 밀려 사장된 전술이었다.

하지만 이 경기에선 엄청난 효과를 발휘하고 있었다. 1970년 중반 이후로는 자취를 감춘 3백 기반의 카테나치오를 상대하는 전술이 잊혀진 덕분이었다.

심지어 전술 덕후라고 자부하던 민혁마저도 어떻게 수비를 헤집어야 할지 감이 오지 않았으니, 적어도 이 대회 한정으로는 히타치의 감독을 명장의 반열에 놓아도 될 것 같았다.

"미드필더 지역까지는 확실히 우위인데……."

로드리게스도 고민에 빠졌다. 브라질에서만 프로 생활을 해왔던 그로서는 히타치의 전술에 대한 정보도 없었다. AC 밀란과 인테르나치오날레(인터밀란)에서 10년 이상 사용된 전술이긴 했지만, 1990년대까지만 해도 각 대륙 클럽 간의 교류나 정보 교환이 드물었기 때문이었다.

"공격을 좀 더 늘리면 어떨까요?"

"안 돼. 역습에 너무 취약해지니까."

로드리게스는 일본인 코치의 제안을 거부하며 상황을 살폈다.

히타치에게선 공격을 시도할 생각이 별로 보이지 않았다. 점유율에 딱히 신경을 쓰지도 않았고 태클을 통한 볼 탈취를 노리지도 않았다. 그저 강하고 견고한 수비에 집중하는 한편, 경기 중에 단 한 번이라도 기회가 온다면 그것을 통한 역습을 하겠다는 의도만 보이는 전술이었다.

'저걸 진짜 어떻게 뚫지?'

로드리게스는 민혁을 보았다. 민혁의 드리블이라면 저 수비에 균열을 내는 것도 가능하지 않을까 싶어서였다.

하지만 히타치의 감독도 그것을 경계하고 있었다. 그램퍼스 주니어와 야마구치 SC의 경기를 염탐하고 온 히타치의 코치는 민혁에 대해 십여 분이나 열변을 토했고, 그것을 들은 히타치의 감독은 민혁에게 전담마크까지 붙여가며 견제를 하고 있었던 것이다.

거기에 하나 더.

히타치의 선수들은 기를 쓰고 코너킥과 프리킥을 주지 않으려 하고 있었다. 감독의 요구 때문이었다.

그 이유는 시미즈와의 경기에서 겪었던 패배의 경험이었다. 그 경기에서도 철저한 수비와 역습을 노린 히타치였지만 집중력이 떨어진 순간 얻어맞은 세트피스 두 방이 승부를 갈랐다. 공중볼 싸움에서 시미즈의 포워드를 이길 수 없었던 탓이었다.

그 기억이 남은 히타치로서는 세트피스 상황을 주지 않으려 혼신의 힘을 다하는 게 당연했다. 그램퍼스 주니어엔 시미즈의 공격수와 비교해도 떨어지지 않는 신체 조건을 가진 사람이 셋이나 있었다. 모리사키와 강영훈, 그리고 수비수인 하라구치였다.

물론 히타치에도 그런 피지컬을 가진 선수는 있었다.

하지만 그들은 모두 벤치에 있었다. 카테나치오 같은 수비 전술을 쓰려면 축구와 관련된 지능이 높아야 했는데, 아무래도 히타치에 있는 피지컬 괴물들은 그만한 전술 이해도를 갖지 못한 것 같았다.

"시미즈가 히타치를 어떻게 이겼지?"

"세트피스였습니다. 코너킥 두 번이 골로 이어졌죠."

"그래서 저렇게까지 코너킥을 안 주려고 하는 거군."

로드리게스는 고개를 끄덕였다. 다소 무리까지 해가면서

공을 걷어내는 이유가 궁금했는데, 그런 이유라면 대충 이해할 수 있었다.

"다득점은 무리겠군."

"일단 한 점을 내면 달라지지 않을까요?"

"그 한 점을 내는 게 힘들 것 같으니 하는 소리지."

로드리게스는 입술을 깨문 채 고민에 빠졌다. 이 상황을 타개할 유일한 해답이 세트피스라는 결론은 나왔지만, 그 세트피스를 얻어내는 과정도 순탄치 않을 느낌이었다.

이 경기의 주심은 이상하리만치 반칙에 관대했다. 일본의 축구계, 그리고 일본의 축구인들이 몸싸움에 민감한 것과는 반대로 말이다.

그 점을 생각하던 로드리게스는 뭔가를 떠올리며 미간을 좁혔다.

'혹시?'

히타치의 반칙은 민혁과 강영훈에게 집중되는 경향이 있었다. 민혁이야 워낙에 기술이 좋으니 반칙으로 끊을 수밖에 없다고 쳐도, 단순히 피지컬을 가지고 축구를 하는 강영훈에 대한 반칙도 많다는 건 이해하기 어려웠다.

물론 피지컬의 열세를 반칙으로 극복하고 있다는 해석도 무리는 아니었다. 하지만 그렇게 보기엔 모리사키에 대한 반칙은 적은 느낌이었고, 그것은 로드리게스로 하여금 혀를 차게 만들었다.

"조선인 차별이군."

어디에나 차별을 일삼는 사람은 섞여 있었다. 그리고 여기서는 아마도 주심이 그런 부류일 터였고, 히타치의 감독은 그것을 알고 상황을 이용하고 있는 느낌이었다.

그래도 적당히 참아 넘길 수 있는 건, 상대에 대한 반칙 허용도 비슷하다는 점 때문이었다.

그 점을 고민하던 로드리게스는 상황을 조금 바꾸기로 했다.

"윤! 아래로! 아래로!"

"아래로요?"

"그래! 중앙으로!"

지시를 들은 민혁은 고개를 갸웃하면서도 중앙으로 내려왔고, 오른쪽 윙으로 있던 강영훈은 중앙으로 움직여 모리사키와 함께 투톱을 이루어졌다. 4—3—3에서 4—4—2로의 전환이었다.

'어라?'

민혁은 한결 플레이가 편해졌다는 느낌을 받았다. 항상 셋에게 둘러싸이던 상황에서 전담마크 한 명만 피하면 되는 상황이 된 것도 이유였지만, 그보다는 왠지 자신을 향한 반칙성 플레이가 줄어든 듯한 기분이었다.

"응?"

그 여유를 누리며 플레이를 조율하던 민혁은 로드리게스의 손짓을 확인하곤 입을 벌렸다. 순간적으로 이 상황을 해결할 방법이 떠오른 탓이었다.

민혁은 공을 뒤로 돌렸다. 공을 받은 하라구치는 눈을 깜박였고, 민혁은 다시 공을 달라는 손짓을 한 후 그대로 자신의 뒤편을 가리켰다. 상대편 골대를 향해 올라가란 신호였다.

하라구치는 고개를 끄덕인 후 공을 주고는 전력으로 질주했다. 그동안 두어 번 연습했던 패턴이었다.

민혁을 마크하던 히타치의 미드필더는 갑자기 달려가는 하라구치에게 시선을 뺏겼다. 그 덕분에 자유로워진 민혁은 동료를 벽처럼 이용해 상대의 수비에서 완전히 벗어났고, 하라구치의 위치를 확인한 후 그대로 롱패스를 날렸다.

하라구치는 달려가던 탄력을 이용해 높이 뛴 후, 그대로 공을 바닥에 꽂아 넣었다.

바닥에 튕긴 공은 그대로 골문을 흔들었다.

하라구치의 본선 첫 골이었다.

* * *

한 골을 내어준 히타치는 수비를 포기하고 공격으로 나섰다. 이미 시미즈에게 패배한 그들로서는 이번 경기까지 패배를 기록할 순 없었다.

물론 진다고 해서 끝나는 건 아니었다. 이 대회의 특이한 시스템 덕분에 1차전 탈락을 하고도 16강에 오르는 길은 열려 있었다. 1차전 탈락자 24팀 중에서도 8팀이 16강에 오를 수 있기 때문이었다.

하지만 그 경우엔 불리함을 안아야 했다. 휴식 시간이 다른 팀의 절반밖에 되지 않는 것이다.

그걸 모를 리 없는 히타치는 견고한 수비를 펼치던 선수들까지 전진해 골을 노렸다. 그러나 수비 전술에 많은 시간을 투자한 탓인지 공격 상황에서의 정교함은 나오지 않았고, 오히려 공을 탈취한 그램퍼스 주니어의 역습에 위기를 맞았다.

공을 건네받은 민혁은 달라붙는 수비를 간단히 제친 후 패스를 넣었고, 민혁의 패스는 모리사키의 골로 이어졌다. 2 대 0이 되는 순간이었다.

흔들리던 히타치는 급격히 무너졌다. 전반이 끝나기도 전에 두 골을 내어줬다는 것이 충격인 것 같았다.

'수비가 강점인 팀이라면 흔들릴 법하지.'

로드리게스는 여유를 찾았다. 아무리 수비에 집중하는 팀이라도 지는 상황에서까지 그럴 수는 없었다. 한 경기를 지더라도 다음 라운드로 진출할 수 있는 팀이라면야 패배가 확정된 상황에서도 공을 돌리는 짓을 할 수 있지만, 그런 특수한 경우가 아니라면 장점이 아닌 공격에 집중하다 카운터를 얻어맞고 자멸하기 일쑤였다.

그램퍼스에겐 두 번의 기회가 추가로 찾아왔다. 하지만 그

두 번은 골로 이어지지 못했다. 한 번은 골키퍼의 선방이었고, 한 번은 공을 허공으로 날려 버린 강영훈의 실수였다.

전반은 그렇게 끝을 맺었다.

"수고했다."

로드리게스는 숨을 헐떡이는 선수들에게 직접 음료를 나누어 주었다. 기온은 약 8도 정도로 쌀쌀했지만 40분 동안 그라운드를 뛴 선수들의 몸에선 희미한 김이 피어올랐다.

코치들은 담요를 가져다주었다. 체온이 올라간 선수들은 담요를 덮는 걸 거부했지만 코치진은 완강히 덮을 것을 요구했다. 체온이 급격히 식어버리면 고생하는 건 선수들이었다.

민혁은 순순히 담요를 덮었다. 그러자 다른 아이들도 눈치를 살피며 담요를 덮었고, 로드리게스는 그것을 보고 나서야 후반전의 흐름에 대한 이야기를 꺼냈다.

"후반엔 공간이 더 날 거다. 하지만 저쪽도 이제 정신을 차릴 테니 전반 막판처럼 몰아치진 못하겠지. 그럼 우리가 해야 할 일은……."

"역습이죠."

민혁은 재빨리 말을 끊었다. 가만히 놓아뒀다간 또 과거 브라질에서의 이야기를 꺼내 말이 한없이 늘어질 것만 같아서였다.

로드리게스는 왠지 모를 아쉬움을 누르며 고개를 끄덕였

다. 민혁의 말이 맞다는 의미의 제스처였다.

"그래, 역습이다."

로드리게스는 전술 판을 가져와 설명을 시작했다. 그 과정에서 당연히 진행될 교체에 대한 설명도 있었지만, 후반에 뛰지 못한다는 말을 들은 선수들은 오히려 좋아했다. 무리한 일정 탓에 체력이 고갈된 사람도 섞여 있던 탓이었다.

"윤."

"네?"

"뛸 수 있겠나?"

민혁은 웃었다. 이제 겨우 두 경기째인데 못 뛸 이유가 없지 않은가.

"당연하죠."

"좋아. 그럼 이렇게 간다."

로드리게스는 4—2—3—1 전술을 입에 담았다. 수비형미드필더가 자리해야 할 2의 자리는 후보로 뛰던 수비들이 자리 잡았다. 전문적인 수비형미드필더 역할을 할 선수가 없기 때문이었다.

민혁은 미드필더 3명이 배치된 지역의 중앙에 배치되었다. 2의 자리에 배치된 선수들의 오버래핑을 포기하고 수비를 굳히는 대신, 중앙미드필더로 배치된 민혁이 위아래로 자주 올라갔다 내려오는 방식의 전술이었다.

"무리할 필요는 없다."

“딱히 무리도 아닌데요, 뭐.”

민혁은 어깨를 으쓱하며 말했다. 전담마크까지 둬가며 압박을 강하게 가하고 있다는 점은 짜증 났지만, 그 덕분에 전반의 활동량이 많은 편은 아니었다. 무리하게 돌파를 하는 것보다는 패스로 풀어가려고 했던 까닭이었다.

하지만 후반엔 돌파를 좀 더 시도할 필요가 있었다. 상대도 공격에 나서야 하는 상황이 되었으니 전반보다 공간이 많이 날 건 분명하니까.

“좋아. 그럼 적당히 쉬고 천천히 몸 풀어라.”

“네!”

코치진은 다시 담요를 걷어 갔다. 1분 남은 브레이크 타임 동안 스트레칭을 하라는 신호였다.

후반전은 히타치의 선축으로 시작되었다.

* * *

히타치의 골키퍼는 망연자실한 표정으로 무릎을 꿇었다. 세 명을 제치고 들어온 민혁이 각도를 좁힌 자신의 머리 위로 공을 넘겨 골망을 흔들었기 때문이었다.

후반 7분 터진 이 골은 스코어를 3 대 0으로 벌려놓았다. 하프타임 동안 회복된 의욕을 꺾어버리는 일격이었다.

히타치 선수들은 온몸에서 힘이 빠지는 기분이었다.

지역 예선인 이바라키 현 대회에서는 단 한 번도 세 골을 내어 준 적이 없었다. PK 두 번을 헌납해 2 대 0으로 끌려갔던 경험은 있지만, 그런 불운한 경우가 아니라면 1 대 0이나 2 대 0이란 스코어로 승리를 거둬왔던 자신들이었다.

그런데 벌써, 아직도 30여 분이나 시간이 남은 상황에서 세 골을 상대에게 헌납한 것이다.

"한 골! 한 골만 넣자!"

유일하게 포기하지 않은 골키퍼가 외쳤다.

히타치 선수들은 흐느적대면서도 공을 들고 중앙선으로 향했다. 30분이나 남았으니 한 골 정도는 만회해야겠다는 의지를 불태우는 선수도 없지는 않았지만, 대부분은 죽도록 연습했던 수비가 세 번이나 뚫렸음에 힘이 빠진 상태였다.

"쉽겠네."

모리사키는 중얼거렸다. 민혁 역시 그와 비슷한 생각을 가지고 있었고, 그건 다른 선수들도 크게 다르지 않았다. 상황이 유리해졌음에 다소간 방심하는 모습이었다.

여유롭게 흘러가던 경기는 그 방심 탓에 살짝 흔들렸다. 세 번에 걸친 빠른 패스로 페널티박스에 들어온 히타치의 11번이 수비와의 몸싸움에 밀려 넘어지며 선언된 PK 탓이었다.

민혁은 어이가 없다는 표정으로 물었다.

"PK? 이게요?"

"그래."

"이건 그냥 몸싸움 아니에요? 태클을 한 것도 아니고 손으로 민 것도 아닌데……."

"심판은 나야."

심판은 민혁을 노려보았다. 한 마디만 더 한다면 카드를 꺼낼 듯한 표정이었다.

민혁은 억지로 화를 참았다. 화를 참지 못하고 기어코 한 마디를 더 했다가 카드를 받은 강영훈의 모습에서 미루어 볼 때, 민혁이 화를 참은 건 정말 탁월한 선택이었다.

히타치의 키커로 나선 10번은 골을 성공시켰다. 3 대 1이었다.

"칫."

그램퍼스 주니어의 선수들은 혀를 찼고, 히타치의 선수들은 전의를 되찾았다.

3 대 0과 3 대 1은 느낌이 달랐다. 아직 15분 이상 남은 상황에 한 골을 만회했다면 동점까진 가능하다 생각하고 있는 것 같았다.

그로부터 5분 후, 또 한 번 PK가 선언되었다. 아무리 봐도 할리우드액션이거늘, 심판은 주저 없이 휘슬을 불고 페널티박스 중앙을 가리킨 것이다.

'아니, 진짜 보자보자 하니까…….'

민혁은 울컥했다. 카드를 받더라도 따질 건 따져야겠다는 생각이 머릿속을 맴도는 순간이었다.

하지만 그 생각은 금세 머리에서 지워졌다. 주심의 등 뒤로 보이는, 어딘지 모르게 기분 나쁜 웃음을 짓고 있는 사람의 모습이 주의를 끌었기 때문이었다.

"저거 어디서 본 것 같은데……."

"누구?"

"저기."

하라구치는 민혁의 손끝을 따라 고개를 돌렸고, 의문이 담긴 목소리로 입을 열었다.

"어? 이치노미야 감독이잖아?"

"이치노미야?"

민혁은 고개를 갸웃했다. 어디서 들은 것 같은데 기억이 잘 나지 않았다.

그러던 민혁은 몇 초 후 입을 벌렸다. 지역 예선에서 만났던 팀이란 내용이 기억난 것이다.

"근데 표정이 왜 저래?"

"우리가 골 먹은 게 좋은가 보지."

"이치노미야면 아이치 현 팀이잖아. 근데 왜……."

의문을 표하던 민혁은 조금 전과는 다른 의미로 입을 벌렸다. 학교에서 지나가듯 들은 이야기가 떠오른 탓이었다.

그 이야기는 바로, 지역 예선에서 탈락한 모 팀 감독이 그램퍼스 주니어를 찾아와 한국인을 팀에 넣어도 되느냐며 따졌다는 내용이었다.

그 당시엔 '별 미친놈이 다 있네'라고 생각하며 넘겼던 사건이었지만, 지금과 엮어서 생각하면 단순한 미친놈이 아니라 민족 차별자였다.

"아하. 그렇게 된 거라 이거지?"

민혁은 미간을 좁혔다. 그렇게 생각하면 심판의 이상한 판정도 충분히 이해할 수 있었다.

"뭐가?"

"음… 아냐. 일단 이기고 생각하자."

민혁은 고개를 저어 별것 아니라는 태도를 보이곤 센터서클로 이동해 공을 내려놓았다. 이렇게 나온다면 편파 판정 따위를 해도 소용이 없다는 걸 증명해 보이고 말겠다는 생각이 들 수밖에 없었다.

각오를 다진 민혁은 천천히 공을 돌리다 기회가 보이자 전력으로 질주했다. 공을 돌리기만 하던 민혁이 침투하자 히타치의 선수들은 당황하며 간격을 좁혔지만, 민혁은 라 크로케타(La Croqueta)로 밀집된 수비를 뚫은 후 패스를 보냈다. 반대편에서 침투하는 모리사키를 향해 날아가는 정확한 패스였다.

히타치의 수비와 골키퍼는 민혁에게 시선이 집중된 후였고, 때문에 그들은 패스를 받은 모리사키의 슛에 반응하지 못했다.

스코어 4 대 2.

한 점 차이로 좁혀졌던 점수가 벌어지는 순간이었다.

민혁은 주심을 힐끗 보았다. 일자였던 눈썹이 찌푸려진 게 기분이 나빠 보였다. 아무래도 골을 취소하고 싶어 하는 듯한 표정이었지만, 골을 기록한 게 일본인인 모리사키라는 점 때문에 억지를 쓰지 않는 것 같았다.

'그럴 줄 알고 패스를 했지.'

민혁은 피식 웃고는 몸을 돌렸다.

추격에 힘을 내던 히타치의 수비는 또다시 흔들렸다. 차이가 한 점으로 줄어들며 냈던 힘이 급격하게 빠지는 느낌에, 추격을 위해 무리했던 반작용도 조금씩 느껴지고 있었다. 추격의 흥분으로 분출되었던 아드레날린이 멎어들며 생긴 피로감이었다.

힘이 빠진 히타치는 그램퍼스 주니어를 막을 수 없었다. 그램퍼스 주니어 역시 두 경기째를 뛰는 탓에 민첩한 움직임을 보이지는 못했지만, 그 조건은 히타치도 다르지 않은 데다 심리적인 상황에서 차이가 컸다.

한 점 차이로 좁혀진 상황에선 그램퍼스 주니어가 쫓기고 있었지만, 민혁의 어시스트와 모리사키의 골로 점수를 벌리자 한결 여유를 되찾은 덕이었다.

로드리게스는 강영훈을 불러들이고 스즈키를 투입했다. 교체선수를 확인한 주심은 필드에 있는 한국인이 민혁뿐임을 확인하곤 계속해서 민혁에게 시선을 두었고, 그것을 느낀 민혁은 코웃음 치며 몸싸움을 피해 움직이면서 공을 돌렸다.

이런 상황에서 무리해서 공격에 나설 이유는 없었다. 적당히 시간만 끌어도 상대편이 자멸할 상황이니 말이다.

민혁의 생각은 그대로 적중했고, 경기는 막판 터진 스즈키의 골을 포함해 5 대 2로 끝났다.

*　　　*　　　*

마지막 경기에서 무승부를 거둔 그램퍼스 주니어는 종합 성적 2승 1무를 기록. F조 1위로 2차 리그에 진출했다. 함께 2차 리그에 진출한 시미즈 FC와 승점은 같았지만 다득점으로 1위에 올랐고, 2차 리그에선 야마나시 현(山梨縣)의 대표인 미요시(三吉), 그리고 히로시마 현(廣島縣)의 대표인 히로시마 FC와 같은 조가 되었다.

이 조에서 단 한 팀. 바로 1위를 차지한 팀이 토너먼트에 진출하게 되는 것이다.

민혁은 개운한 얼굴을 하고 있었다. 어제 치러진 본선 1차 리그 마지막 경기엔 출전하지 않은 덕에 피로는 거의 사라져 있었다.

그와는 반대로, 3경기를 모두 출전한 강영훈과 하라구치를 비롯한 일곱 명의 얼굴엔 피곤함이 남아 있었다. 체력이 넘치는 십 대 초반이라고는 해도 이틀 동안 세 경기는 버거운 감이 없지 않았다.

하지만 오늘만 이기면 휴식이 기다리고 있었다. 그 하루 동안 1차전에서 탈락한 24개 팀 중에서 패자부활전을 거쳐 올라올 8개 팀이 정해질 터였고, 오늘 열리는 2차전의 승자는 패자부활전을 거쳐 올라오는 팀 중 하나를 만나 16강 경기를 하게 되는 일정이니 말이다.

"자, 자. 오늘만 버티면 쉴 수 있다. 그러니까 너무 늘어져 있지 말고 힘들 내."

"그래도 힘들어요."

그램퍼스 주니어의 선수들은 투덜거렸다. 어제도 경기를 뛰었던 선수들은 3일 연속으로 출전을 하는 셈이기 때문이었다.

로드리게스는 가볍게 혀를 찼다. 축구에 미쳐 있는 브라질도 이런 식으로 대회 일정을 잡지는 않았다.

그런데 18년이나 이어진 대회의 일정이 이 모양이라니…….

"일단 어제 뛴 선수들은 첫 번째 경기는 벤치에서 시작한다. 그럼 되겠지?"

"네……."

그램퍼스 주니어 선수들은 힘없이 답했다. 피로가 좀처럼 가시지 않는 것 같았다.

로드리게스는 혀를 짧게 찼다. 오늘도 두 경기를 치러야 함을 생각하면 스쿼드 구성에 고민이 쌓이는 게 당연했다. 그나마 상대 팀도 같은 고민을 하고 있을 거란 점에서 위안은 됐지만, 그렇더라도 이런 고민을 해야 한다는 것 자체가 마음에 들지 않았다.

"윤."

"네?"

"오늘 두 경기 다 풀타임으로 뛰어야겠다. 그것도 많이."

"…그러죠, 뭐."

민혁은 떨떠름한 표정으로 고개를 끄덕였다. 그래도 하루를 푹 쉰 자신이 뛰지 않으면 누가 뛰겠느냐는 생각이었다.

"다른 팀들도 대부분 비슷할 거다. 너무 걱정하지 마라."

"걱정은 안 하는데요."

"그럼?"

"귀찮아서 그러죠."

로드리게스는 민혁의 대답에 혀를 내둘렀다. 가끔은 자신감이 지나쳐 자만이 되는 경향이 있는 건 알고 있지만, 그래도 이렇게까지 자신감이 넘쳐흐르리라곤 생각하지 못했던 까닭이었다.

'진짜 천재를 만나야 해결이 될 문제인데…….'

잠깐 말을 끊었던 그는 어깨를 으쓱했다. 어차피 축구계에 몸을 담고 있다 보면 언젠가 한 번은 만나게 되는 게 바로 그 천재라는 족속이었다.

민혁도 천재라고 불리기에 부족함이 없는 사람이긴 하지만, 어디까지나 아시아 수준의 무대에서나 최고로 꼽힐 재능이라

판단하고 있는 로드리게스였다. 그가 딱히 인종차별자라서가 아니라, 축구계에서 아시아가 차지하는 위상이 그만큼 낮은 게 원인이었다.

때문에 그는 일종의 확신을 가지고 있었다. 일본 무대에선 민혁 이상의 선수를 찾기가 어렵겠지만, 좀 더 큰 무대에 나가서도 그럴 수 있을지는 모르겠다는 생각이었다.

로드리게스는 고향인 브라질만 해도 민혁과 비슷한 재능이 제법 있을 거라 생각하고 있었다. 민혁과 같은 84년생 중에도 서너 명 정도는 있을 터였고, 범위를 넓히면 그 이상의 천재도 틀림없이 나올 터였다.

그런 생각을 하던 로드리게스는 얼마 전 네덜란드의 PSV로 이적했다던 고향의 천재를 떠올려 보았다. 작년 11월에 브라질 최대의 신문사인 폴랴 데 상파울루에서 '펠레의 기록을 능가한 공격수'라고 발표한 '호나우두 루이스 나자리우 지리마'였다.

비록 출전을 하지는 못했지만, 그는 작년 월드컵에서도 국가대표로 선발되었다. 겨우 17살의 나이로 말이다.

다른 국가도 아닌 브라질의 대표로.

"아무래도 그 정도는 되어야 정신을 차리게 할 것 같은데."

"네?"

"혼잣말이다."

로드리게스는 대충 말을 끊었다. 어떻게 말하건 좋은 반응을 얻지는 못할 것 같았다.

"자, 자. 일단 이번 경기에 집중하자. 이겨서 편하게 올라가야지."

"어차피 1등 못 하면 끝이잖아요."

"그러니까 열심히 하자는 소리지. 그래도 아직은 리그전이니 너무 부담을 가질 필요는 없다. 토너먼트에서는 한 경기를 지면 그걸로 끝이지만 리그전은 달라. 설령 한 경기를 망쳐도 다음 경기에서 만회하고 다른 팀 상황을 살펴보면 되니까. 이건 내가 코파 수다메리카나에 출전했을 때 있던 일인데……."

흥분한 로드리게스는 또다시 자신의 경험을 꺼냈다. 아무래도 한 시간은 족히 흐를 듯한 분위기였다.

"코파 수다메리카나가 뭐예요?"

"응?"

"그게 뭔지 알아야 동감을 하건 반박을 하건 하죠."

민혁은 잽싸게 말을 끊었다. 물론 그야 코파 수다메리카나가 뭔지 알고 있었다. 남미의 유로파 리그라 불리는 대회가 아닌가.

하지만 그를 제외한 나머지는 로드리게스가 하는 말을 전혀 이해하지 못했다. 겨우 U-12 레벨에서 뛰는 아이들이, 그것도 90년대에 사는 아이들이 다른 대륙에서 열리는 대회에 대해 알 리가 없는 것이다.

"아, 그래. 거기부터 이야기를 해야겠구나. 코파 수다메리카나는 남미의 UEFA 컵으로 불리는 대회인데……."

민혁은 지겹다는 표정으로 슬쩍 귀를 막았다. 흥미로운 표정으로 이야기를 듣는 다른 아이들과는 다른 반응이었다.

하기야 외국에서 열리는 대회에 대해 처음 듣는다면 흥미가 일어나는 게 당연할 터였다. 그런 점을 생각한다면 그램퍼스 주니어 선수들의 반응은 당연한 일이었고, 그런 대회에 대해 너무도 잘 아는 민혁에겐 단순한 소음공해로 들리는 것 역시 이상하지 않았다. 아무리 재미있는 이야기라도 아는 걸 계속 듣게 된다면 지겨움만 몰려올 테니 말이다.

"…해서 아쉽게 8강에서 떨어졌지만, 그 경기는 나에게 많은 영감을 줬다. 큰 경기를 치러야 수준이 올라간다는 게 어떤 건지 확실히 경험할 수 있었지. 그런 점을 두고 생각한다면, 아마 너희들도 이번 대회에서 우승한 순간 스스로의 레벨이 올라갔다는 걸 느끼게 될 거다. 특히……."

끝날 것 같던 로드리게스의 말은 다시 한번 길어졌고, 이번엔 민혁 외의 아이들도 귀를 막았다.

*　　　*　　　*

미요시(三吉)는 전형적인 일본 축구를 구사하는 팀이었다. 아직 90년대 중반인 지금에서는 '전형적인 일본 축구'라는 말을 붙이기 어색한 시기지만, 회귀 전 35년을 살다 온 민혁의 눈엔 그렇게 보이고 있었다.

다시 말해, 패스를 극단적으로 중시하지만 골을 넣을 공격수가 없다는 뜻이었다.

'도대체 어떻게 여기까지 올라온 거지.'

민혁은 가볍게 고개를 저었다. 패스플레이만큼은 감탄할 만큼 깔끔했지만 공격수들의 골결정력은 정말로 끔찍했다.

미요시의 공격수들은 회귀 전 동영상을 보며 폭소를 터뜨리게 했던 야나기사와의 후지산 대폭발 슛, 혹은 일본 내에선 QBK라 불리는 신칸센 대탈선 슛을 떠올리게 만드는 킥만 난발하고 있었던 것이다.

"주전을 뺀 건가?"

민혁은 미요시의 벤치를 힐끗 보았다.

그쪽을 본 그는 방금 꺼낸 말에 좀 더 무게를 얹었다. 짜증 섞인 표정을 지은 선수들의 얼굴에서 감출 수 없는 피로를 발견한 탓이었다.

상황을 확인한 민혁은 의문을 완전히 지워 버렸다.

그러고 보니 미요시가 속했던 C조는 상당한 접전이었다는 이야기가 있었다. 때문에 마지막 경기에서도 주전을 빼지 못했고, 그로 인해 지쳐 버린 본래의 공격수들이 벤치에서 쉬고 있는 상황일 터였다.

그렇다면, 지금 최대한 점수를 벌려놓는 게 유리하단 이야기였다.

"좋아."

민혁은 손짓으로 공을 요구했다. 반대편으로 향하던 공은 수비를 거쳐 민혁에게 전달되었다. 한국인이라는 이유로 살짝 꺼리던 아이들마저도 민혁의 실력을 의심치 않게 되었다는 반증이었다.

미요시의 수비와 미드필더는 긴장한 표정으로 민혁을 보았다. 그들도 그램퍼스 주니어의 지난 경기들을 분석해 보았고, 그램퍼스 주니어의 핵심이 민혁이라는 결론을 낼 수 있었다.

"셋이 붙어! 빨리!"

미요시의 감독은 목소리를 높였다.

아르바이트생을 고용해 찍어 온 그램퍼스 주니어의 경기들을 분석한 그는 민혁의 드리블을 막을 방법은 반칙과 집중 수비 외에는 없다는 확신을 얻었다. 때문에 어제 저녁에 긴급 소집까지 벌여가며 수비 시 움직임에 대해 강조를 했지만, 아직 중학생도 되지 못한 선수들에게 하루 만에 그런 움직임을 요구하는 건 아무래도 무리였다.

민혁은 상체 페인팅과 턴을 섞어가며 중앙을 돌파했다. 압박이 강해지면 곧바로 2 대 1 패스를 통해 수비의 시선을 돌린 후 공을 받아 앞으로 향했고, 미요시의 수비는 태클을 하려 할 때마다 공을 넘기는 민혁을 보고는 패배감에 휩싸였다.

자신들의 행동을 읽지 않고선 할 수 없는 행동이었다.

'너무 뻔한데…….'

민혁은 측면에서 건너온 공을 받아 잠시 멈췄다. 공을 뺏는 걸 포기하고 전력으로 질주해 페널티박스를 채워 버린 미요시 선수들 때문이었다.

그들은 단단한 격자 형태의 수비벽을 세운 후 민혁을 노려보았다. 무슨 일이 있어도 페널티박스 안에서의 슛은 허용하지 않겠다는 의지가 느껴졌다. 분명히 감독의 지시에 따른 행동이겠지만, 그래도 당황스럽다는 점만은 변하지 않았다.

"윤!"

당황하던 민혁은 측면으로 공을 넘겼다. 이렇게 된 이상 공중볼로 수비벽을 부숴야 했다.

다행히 그램퍼스 주니어엔 피지컬이 좋은 선수가 셋이나 되었다. 그중 모리사키는 체력 문제로 벤치에 있었지만, 강영훈과 하라구치의 높이와 몸싸움은 이런 상황을 해결하기에 적합한 카드였다.

공을 이어받은 그램퍼스 주니어의 미드필더는 그대로 크로스를 올렸다.

강영훈의 헤딩을 노리고 올린 공은 미요시 수비에게 차단당했다. 하지만 튀어나온 공을 잡은 것은 백업을 올라온 그램퍼스 주니어의 수비수였고, 그는 곧바로 민혁에게 공을 넘겼다.

민혁은 순간적으로 흐트러진 미요시의 수비를 보고 눈을 빛냈다. 순간적으로 수비가 열어진 장소를 발견한 것이다.

'좋아.'

민혁은 공을 몰고 그곳으로 달렸다.

당황한 미요시 선수들은 민혁에게 달려들었다. 수비 진형의 붕괴를 느낀 미요시의 감독은 두 손을 모아 입에 대며 연거푸 움직임을 지시했다. 그러나 민혁의 드리블에 현혹된 미요시 선수들은 자리를 찾는 대신 민혁에게 붙으려 했고, 간단한 턴과 페인팅으로 수비를 끌어들인 민혁은 비어버린 왼쪽으로 공을 밀어 넣었다.

공은 빈 공간을 지났다. 빠르지는 않지만 타이밍이 절묘해 완벽한 찬스를 만드는 패스였다.

타이밍 맞게 달려온 그램퍼스 주니어 21번이 공을 밀어 넣었다. 평소엔 후보로 뛰는 하라다 쇼헤이였다.

공은 골대를 한 번 맞고 안으로 들어갔다. 아슬아슬하게 얻어낸 득점이었다.

"우와아앗!"

하라다는 골을 넣고도 믿지 못하겠다는 표정으로 소리를 질렀다. 그램퍼스 주니어에 들어온 후 처음 기록하는 골이기 때문인 듯싶었다.

경기의 분위기는 그 골을 시작으로 급격히 변했다. 공을 돌리며 완벽한 기회를 만들려던 미요시의 패스 줄기가 그 시점부터 모험적인 전진패스 위주로 모습을 바꿨고, 그것은 그램퍼스 주니어에게 더 많은 역습 기회를 제공해 주었다.

전반 막판, 그램퍼스 주니어는 한 골을 추가했다.

『인생 2회 차, 축구의 신』 2권에 계속…